한강을
읽다

세계문학을 읽다 20

한강을 읽다

이지연 지음

머리말

한강의 책 중 지금은 절판되어 구하기 어려운 것이 하나 있다. 2007년에 출간된 《가만가만 부르는 노래》라는 책인데, 특별한 기억을 담고 있는 스물두 곡의 노래와 그에 얽힌 이야기들을 풀어낸 산문집이다. 부록으로는 그가 직접 쓰고 부른 노래들을 담은 음반이 실려 있다. 그 책을 구하지 못해 도서관을 전전하다, 일본어 번역본을 읽어 볼 기회가 있었다. 생소한 외국어를 한 줄 한 줄 더듬으며 아주 느리게 읽어 내려가는 동안, 모국어로 가까스로 옮겨 적은 노래 제목들을 인터넷에 검색해 차례로 들어 보았다. 앤 머레이, 트윈폴리오, 산울림, 들국화, 김현식……. 가만가만 획들을 짚어 나가는 듯한 한강의 문장처럼 나지막이 울려 퍼지는 노랫소리에 한동안 잠겨 있었다. 장난기가 많았다던 어린 시절의 그를 상상하며, 흥겨운 박자에 맞추어 유쾌한 웃음을 짓기도 했다.

귓가에서 속삭이는 것 같기도, 어쩌면 아주 낮은 곳으로부터 조용하지만 단단하게, 솟구쳐 오르는 것 같기도 한 한강의 목소리. 그런 목소리로 부른 〈12월 이야기〉를 들을 때는, 그가 쓴 문장들이 낯선 언어로, 소리로, 색채와 촉감으로 모습을 바꾸어 나타나곤 했다. 책 속의 계절과 날씨가 저마다의 습기와 온도를 품은 채 활자를 뚫고 달려드는 것도 같았다. 그러니 번역이란 얼마나 멋진 작업인가. 작가가 말하고자 하는 것을 다른 모습과 형태로 바꾸고 다듬으며, 그것을 읽는 우리를 더 넓고 새로운 영역으로 데려가니 말이다. 전 세계의 독자들이 자신의 모국어로 만나게 될 한강의 작품들은 어떤 모습일까, 상상하던 즈음 이 책을 쓰게 되었다. '세계문학을 읽다'라는 시리즈의 표제와 함께, 그의 노벨문학상 수상 소식으로 전국이 들썩였던 2024년 10월을 떠올리면서.

한국 문학의 세계화, 또는 글로벌 K-문학과 같은 표현들이 다소 진부하게 들리는 요즘이다. 국가 또는 민족이라는 구획된 경계를 넘어 뒤섞이고 확장되는 것이 현대 문화의 특징이라고 할 때, 문학 역시 그 대열에서 수많은 '나'들을 연결하며 다양한 삶의 국면들을 공유하고 있다. 한강의 작품이 우리에게 건네는 감각적 사유와 그로 인한 고통의 전이(轉移)를 생각해 보면, 문학의 힘은 특정한 지역이나 집단이 아닌 '인간' 자체의 보편적인 부분을 돌보는 데 있다는 생각이 든다. 한강의 작품이 인간이라는 문제를 정면으로 다루며 나 자신, 또는 우리 곁의 다른 인간을 향해 나아가듯이.

인간은 어떤 존재인가. 인간은 왜 살고 죽는가. 인간이 인간으로 살아가기 위해서는 무엇이 필요한가. 한강의 문학 세계를 떠받치고 있는 이러한 질문들은 그의 문장을 접하는 지금, 이곳의 우리가 곱씹어야 하는 물음들이기도 하다. 각종 첨단 기술과 SNS의 발

달로 누구보다 빠르게 지구 각지의 소식을 받아 보고 실시간으로 벌어지는 비극을 목격하면서도, 우리는 서로에게 적당히 무관심하며 때로는 고독에 몸부림친다. 어느 때보다도 타인과 손쉽게 연결되면서도 그 연결됨을 잊고 나 자신에 집중하는 것이 미덕처럼 여겨지는 시대다. 그렇다면 지금이야말로, 인간은 무엇이어야 하고 또 무엇일 수 있는가. 인간이 인간이기를 저버리지 않기 위해, 우리가 발붙이고 살아가는 이 행성과 그 안의 생명들을, 저마다의 삶이 지닌 고통과 슬픔을 외면하지 않으려면 어떻게 해야 하는가.

한강의 소설에는 그러한 질문을 온몸으로 밀어붙이며 삶의 한계까지 나아가는 인물들이 등장한다. 그들이 호소하는 고통은 그것을 쓰는 작가 한강의 몸에서 지면의 활자와 문장으로, 그리고 책을 펼친 우리의 몸으로 생생하게 전해진다. 그의 문학에 '세계'가 있다면, 그러한 세계는 단순히 특정 국가들의 집합이 아니라 '인간'의 사유와 감각을 되비쳐 보여 주는 모든 '살아 있는 것'들의 무대일 터이다. 이 책은 한강의 문학을 그러한 의미에서 세계의 문학으로 읽는다. 나아가, 바로 그런 이유로 한강의 작품이 지닌 특별한 가치가 과거와 현재를 아우르며 미래에도 유효하리라 믿어 의심치 않는다.

책의 1장에서는 작가 한강의 생애와 이제까지 써낸 작품들을 모아 함께 짚어 보고, 2장에서는 그의 첫 소설집 《여수의 사랑》과 네 편의 장편 소설에 대해 썼다. 각각의 작품들이 모여 마치 별자리를 그리듯 그의 문학 세계를 수놓는 모습을 독자들과 함께 따라가고 싶었다. 물론 소설의 깊이와 무게가 남달라, 그것을 풀어내는 문장이 복잡하고 난해해서는 안 된다는 일념하에 최대한 핵심만을 전달하고자 했다. 그러다 보니 한강의 다른 소설들, 《검은 사슴》과 《바람이 분다, 가라》, 《흰》과 같은 탁월한 작품이나 시(詩), 산문을 두루 다루지 못한 것은 작은 아쉬움으로 남는다. 한강은 지금도 왕성히 활동 중인 작가이므로, 더욱 새롭고 깊어질 그의 문학 세계를 설레는 마음으로 기다려 본다. 이 책이 한강 문학의 아름다움을 경험하려는 독자 여러분에게 하나의 길잡이가 되기를 바란다.

차례

01

한강의 삶과 작품 세계

1. 유년의 빗방울

2024년 12월 10일. 노벨문학상 시상식이 있던 날, 한강은 스웨덴 스톡홀름 청사에 모인 청중을 향해 이야기를 꺼냈다. 그가 여덟 살이었던 어느 날 오후의 일이었다. 주산 학원을 마치고 나오는데 소나기가 쏟아졌다. 비를 피해 처마 밑에 모인 아이들 틈에서, 그는 맞은편 건물에도 한 무리의 사람들이 비가 멎기를 기다리며 서 있는 광경을 보았다. 튀어 오르는 빗방울과 피부에 와 닿는 물기를 그 자신처럼 보고 또 느끼고 있을 한 사람 한 사람의 모습을. 그 순간 어린 한강이 깨달은 것은, 그들 모두가 각자의 체온과 감각을 지닌 '나'로 살아가고 있다는 사실이었다. 내가 아닌 저들도 나와 마찬가지로 한 명의 인간이라는 깨달음. "그건 수많은 일인칭들을 경험한 경이의 순간이었습니다."('노벨문학상 수상 소감'에서)

함께 비를 맞으며 서 있는 사람들이 저마다의 '나'임을 깨달았던

이 어린 시절의 기억은, 이후에도 한강의 작품 세계 전반에 큰 영향
을 미치게 된다. 그의 글쓰기는 서로 다른 존재들이 지닌 각자의 내
면을 언어로써 연결하는 작업이기도 했기 때문이다. 마치 빛을 머
금은 가느다란 실처럼. '빛과 실'이라는 제목을 붙인 노벨문학상 수
상 기념 강연에서, 한강은 자신이 열 살 무렵에 썼던 한 편의 시를
언급했다.

사랑이란 어디 있을까?
팔딱팔딱 뛰는 나의 가슴 속에 있지.
사랑이란 무얼까?
우리의 가슴과 가슴 사이를 연결해 주는 금실이지.

– '노벨문학상 수상 강연문'에서

금색으로 빛나는 실이 저마다의 가슴과 가슴을 연결하며 끝없
이 퍼져 나가는 광경을 상상해 보라. 한강은 그것이 바로 문학의
일이자 사랑의 힘이라고 말하고 있다. 나와는 전혀 다른 존재들을
인식하고 상상하며, 그들 마음의 곁으로 한 발짝 더 다가가 체온을
나누는 것. 폭력의 반대편에서 생명으로 기우는 문학.

가장 어두운 밤에 우리의 본성에 대해 질문하는, 이 행성에 깃들인 사
람들과 생명체들의 일인칭을 끈질기게 상상하는, 끝끝내 우리를 연결

하는 언어를 다루는 문학에는 필연적으로 체온이 깃들어 있습니다.

– '노벨문학상 수상 소감'에서

소설가인 아버지 한승원과 어머니 임감오 사이에서 태어난 한강은 잘 웃고 장난기가 많은 아이였다. 형편이 넉넉하지 않은 시절이었지만, 부모님께 떼를 쓰거나 투정을 부리는 대신 책 속에 파묻혀 고요히 시간을 보내곤 했다. 아버지가 이른 새벽부터 글 쓰는 모습을 숨죽인 채 바라보기도 했다. 잦은 이사로 집을 자주 옮겨 다니면서도 아버지의 책들은 집 안에 넘치도록 쌓여 있었고, 어린 한강은 그 속에서 드넓은 세계를 찾아다녔다. 해가 질 때까지 어두운 방에 홀로 누워 몇 시간이고 공상하다 불쑥 들어온 아버지를 깜짝 놀라게 했던 적도 있다. 그는 뭘 하고 있느냐는 아버지의 물음에 발딱 일어나 "공상이요!"라고 대답한 뒤, 곧바로 "왜요, 공상하면 안 돼요?"라고 되묻는 소녀였다.

딸이 태어났을 때 신성한 한강(漢江)의 강물을 떠올렸고, 한 번 들으면 잊히지 않는 이름을 주고자 강(江)이라는 이름을 지었다고, 추후 한승원은 회고했다. 이름 때문이었을까. 한번 시작한 공상이 물결을 타게 되면 시간 가는 줄을 몰랐다. 책을 읽다 갑자기 글자가 보이지 않아 고개를 드니 해가 져 있던 날도 많았다. 동화작가들의 책부터 어른들이 읽는 세계 문학 전집, 각종 문예지까지 가리지 않고 읽었다. 초등학교 6학년 때는 러시아 작가 도스토옙

14

스키의 《죄와 벌》 속 어두운 세계에 한동안 사로잡혔고, 중학생이 되어서는 임철우의 단편 소설 〈사평역〉을 읽고 처음으로 소설을 써 보고 싶다는 생각을 품었다. 임철우 특유의 간결하면서도 아름다운 문장과 독특한 분위기에 그는 매료되었다. 다만 한강은 그와 비슷한 소설이 아닌 자기 나름의 소설, 그렇게 독특한 느낌을 지닌 자신만의 글을 쓰고자 했다.

열다섯 살부터 열여덟 살 무렵까지, 한강은 내내 '인간'과 삶에 대한 본질적인 질문을 곱씹고 있었다. '나는 누구인가?' '사람은 왜 태어나서 살아가는가?' 그리고 '왜 죽어야 하는가?' 이 질문들을 깊이 생각하는 동안 활달하던 성격도 내성적으로 변했다. 한없이 잔인하고 폭력적인 한편 한없이 숭고한 사랑을 보여 주기도 하는 인간의 모순을 어떻게 이해해야 할까. 사춘기를 겪던 한강의 풀리지 않는 의문이었다. 답을 찾고자 더 많은 시와 소설을 읽었지만, 끝내 찾지 못한 채 책을 덮어야 했다. 대신 그가 알게 된 것은 모두가 자신과 비슷하다는 사실이었다. 아무리 훌륭한 작품을 쓴 이들이라도 모두 비슷한 고민으로 고통스러워하고 있다는 것. 그렇다면 문학의 역할은 정답을 주기보다는 더 깊고 넓은 영역으로 질문을 밀고 나가는 것이 아닐까.

그렇게 한강은 '질문을 던지는' 글을 쓰겠다는 생각에 이르게 된다. 인간이라는 존재에 대해 정해진 답이 아닌, 자신만의 방식으로 질문하는 글을 쓰겠다고.

2. 고단함을 버텨 내는 사람들

연세대학교 국어국문학과에서 보낸 4년 내내 한강은 여전히 책과 함께 살았다. 닥치는 대로 읽었고, 틈만 나면 시와 소설을 썼다. 누가 시켜서 하는 일이 아니었기에, 글쓰기는 그에게 순수한 기쁨이었다. 글을 쓸 때면 어릴 적부터 좋아했던 도스토옙스키의 소설들과 이상(李箱)의 휘몰아치는 문장들이 늘 곁에 있는 듯했다. '인간이란 무엇인가'를 철저하게 파고드는 도스토옙스키의 작품들로부터 많은 영향을 받았고, 이상이 시를 쓰며 남긴 메모("나는 인간만은 식물이라고 생각한다.")에 깊이 공감하며 오래 곱씹기도 했다.

종종 책과 펜을 내려놓고 연극을 보러 가거나 가방을 둘러멘 채 훌쩍 여행을 떠나는 날도 있었다. 그는 친구들과 함께하는 여행도 즐겼지만, 혼자 기차를 타고 이곳저곳을 돌아다니는 걸 특히 좋아했다. 어린 시절부터 지도 한 장, 약간의 여비를 가지고 먼 남쪽 바닷가에 있는 조부모의 집을 오가곤 했던 경험이 영향을 미쳤던 것일까. 이후 자전 소설 〈침묵〉에서 한강은 기차와 철길, 얼차 달리는 소리에 대한 묘한 사랑을 고백하면서, 기찻길 옆에서 태어난 갓난아기 때의 기억이 남아 있기 때문일지도 모르겠다고 썼다. 그렇게 보고 듣고 느낀 여행지의 풍경들은 이후의 작품들에 고스란히 담기게 된다.

매일같이 썼던 수많은 글 중 '작가 한강'을 사람들에게 가장 먼저 알린 것은 소설이 아닌 시였다. 그가 스물세 살이 되던 1993년, 〈서울의 겨울 12〉 외 네 편의 시가《문학과 사회》에 실리며 시인으로 먼저 등단하게 된 것이다. 그 무렵 대학을 졸업한 한강은 잡지사 '샘터'에 취직해 신입 사원으로 일하고 있었다. 소설가 최인호, 시인 김형영 등 그의 글쓰기를 독려해 준 선배들도 이때 만났다. 근무 시간에는 원고 편집, 필자 인터뷰 등으로 바빴고, 퇴근 후 새벽과 주말에는 부지런히 글을 썼다. 쉬는 시간을 쪼개고 밤잠을 줄여 가며 쓰느라 늘 피곤했지만, 컴퓨터 앞에만 앉으면 즐겁고 신이 났다. 빨리 글을 쓰고 싶어서 퇴근 후 집으로 향하는 언덕길을 뛰어 올라갈 정도였다.

> 그때의 순수한 충일감을 잊지 못한다. 세상의 누구도 부럽지 않았고, 어느 것도 욕심나지 않았다. 그저 남몰래 가진 글쓰기의 기쁨을 평생 잃지 않았으면 하고 바랄 뿐이었다.
>
> — '2005 이상문학상 수상 소감'에서

시인으로 등단한 뒤에도 그는 소설 습작을 계속해서 썼다. 그중에는 직원 수련회로 영종도에 갔다가 본 저녁 무렵 갯벌의 풍경을 주제로 쓴 소설도 있었다. 이 작품이 이듬해인 1994년《서울신문》신춘문예에 당선된 〈붉은 닻〉이다. 필명 '한강현'으로 발표한 이 소설은 황혼의 붉은 빛을 효과적으로 활용한다. 큰 병을 앓고 회복 중인 형 '동식'과 막 군에서 제대한 동생 '동영', 그리고 백발의 어머니가 쇠락한 마을의 작고 오래된 문구점을 지키고 있다. 늘 술에 취해 있던 아버지가 행방불명된 이후 세 사람은 고통스러운 삶을 저마다의 방법으로 견디며 살아왔다. 소설의 백미는 가족이 이전처럼 바닷가로 소풍을 떠나는 마지막 장면이다. 녹슨 닻들이 군데군데 박혀 있는 모래밭, 지는 저녁 해, 그리고 그 앞에 서 있는 동식과 동영 두 형제의 모습. 동영은 맨발로 바다를 향해 걸어 들어가고, 동식과 어머니는 불타는 닻들이 바닷속으로 가라앉는 광경을 본다.

〈붉은 닻〉에서 동식이 겪은 병마, 동영의 방황과 분노, 어머니의 오랜 기다림은 빈곤한 삶과 깊은 상실감을 버텨 내는 인물들의 고군분투를 드러내 보인다. 이 무렵 한강은 살아간다는 것의 '고단함'에 깊은 관심을 두고 있었다. 다음 해인 1995년 펴낸 첫 소설집 《여수의 사랑》에는 데뷔작인 〈붉은 닻〉과 표제작 〈여수의 사랑〉을 비롯한 여섯 편의 단편 소설이 실렸는데, 고단한 삶을 포기하지 않고 끝까지 살아 내는 인간에 대한 한강의 통찰이 엿보인다. 인간은 왜 계속해서 살아가는가? 그토록 지치고 고통스러운데도 계속 나아가야 하는 이유는 무엇인가? 이 질문들은 한강의 초기 작품들에서 가장 두드러지는 주제이기도 하다. 이 힘들고 고된 삶에서 벗어나고자 발버둥 치면서도, 결국은 죽음의 반대편으로 뚜벅뚜벅 걸어가는 인물들.

첫 번째 장편 소설인 《검은 사슴》(1998)에서도 그 흔적을 찾아볼 수 있다. 장편을 쓰기 위해 한강은 다니던 회사도 그만두고 집필에 매달렸다. 그렇게 발표한 《검은 사슴》은 강원도 탄광 마을을 배경으로, 잡지사에서 일하는 '인영'과 그녀의 후배인 '명윤', 행방불명된 '의선'과 탄광 사진작가인 '장'의 이야기를 그린다. 인영과 명윤은 사라진 의선을 찾아 강원도로 떠나고, 정부의 폐광 조치 이후 쇠락한 마을이 된 그곳에서 사진작가 장을 만난다. 광부들의 사진을 찍어 온 장은 탄광이 사라진 후 아내와도 헤어지고 술에 의존해 피폐한 삶을 살아가고 있다. 살던 사람들이 빠져나가 텅 비어 버린 탄광촌의 모습은 인영과 명윤에게도 고통스러운 기억만을 떠올리게 한다. 의선이 말한 그녀의 고향, 전기도 들어오지 않는 산골짜기 마을은 이미 사람이 살지 않는 폐허가 되어 있다. 그녀는 어디로 간 것일까?

소설 속 스산한 도시의 모습이나 한겨울 강원도의 추위는 한강이 직접 기차를 타고 여행한 당시 태백, 정선, 속초 등의 풍경과 맞닿아 있다. 버스도 다니지 않고 숙소도 따로 없는 화전민 마을에 들어가 어느 집에 딸린 빈방에서 잠을 청하기도 했다. '압도적인 바람 소리'로 기억되는 그 밤은 소설에서 인영이 고열로 정신을 잃은 명윤과 함께 의선이 왔다 간 폐촌(廢村)에서 밤을 새우는 장면으로 형상화된다. 날이 밝자 두 사람은 마을 사람들의 도움으로 무사히 산을 빠져나가지만, 서울로 가던 중 이번에는 열차 사고로 인영이 크게 다치고 만다. 그러나 중요한 것은 이렇게 다사다난한 인물들의 여정이 결코 죽음이나 비극적인 결말로 이어지지 않는다는 점이다. 병실에서 인영이 긴 시간을 거쳐 결국 회복되었듯, 명윤과 장 역시 삶의 의욕을 되찾고 무기력에서 벗어난다. 사라졌던 의선 역시 집에 돌아온 인영이 그녀가 두고 간 사진 한 장을 발견함으로써 여전히 살아 있음이 암시된다.

긴 터널을 통과해 빛으로 나아가는 열차처럼, 한강 소설의 인물들은 어둠을 견뎌 낸 끝에 좀 더 환한 곳을 향해 발을 내딛는다. 한강은 소설을 쓰면서 그 자신의 삶 역시 변화해 간다고 말한다. 한편의 소설을 마무리할 때마다 그 안에 담아낸 질문들이 자신의 삶과 함께 아주 천천히 앞으로 나아가고 있다고. 그렇게 "더듬거리며 서성거리고 뒤척이면서 근근이"('황순원문학상 수상 작가 인터뷰'에서) 나아가는 것이 한강의 글쓰기이며, 그 고단함과 싸우면서도 기어코 포기하지 않는 끈질긴 사투야말로 한강 문학의 구심점이자 출발점이라고 할 수 있다.

3. '몸'으로 쓰는 소설

다시 2024년으로 돌아가 보자. 노벨문학상 수상 기념 강연에서 한강은 다음과 같이 말한다.

소설을 쓸 때 나는 신체를 사용한다. 보고 듣고 냄새 맡고 맛보고 부드러움과 온기와 차가움과 통증을 느끼는, 심장이 뛰고 갈증과 허기를 느끼고 걷고 달리고 바람과 눈비를 맞고 손을 맞잡는 모든 감각의 세부들을 사용한다.

- '노벨문학상 수상 강연문'에서

흔히 알려진 것처럼, 한강 소설에는 강렬한 감각적 서술이 자주 등장한다. 등장인물들은 자신을 둘러싼 세계를 시각, 청각, 후각, 미각, 촉각의 오감(五感)으로 느끼며, 한강은 특유의 섬세한 언어로 그것을 포착해 낸다. 소설을 쓸 때 '신체를 사용'한다는 그의 말은 작가 자신이 보고 듣고 느끼는 모든 감각이 소설에 투영되어 있음을 의미한다. 앞서 살펴본 〈붉은 닻〉과 〈여수의 사랑〉, 《검은 사슴》 등의 작품에도 실제로 작가가 관찰한 황혼의 붉은 빛, 여수 해안가의 풍경, 강원도 산골의 춥고 어두운 분위기가 그대로 담겨 있다. 살갗에 닿는 차가운 눈의 촉감과 밤바다의 파도 치는 소리, 산속의 거센 바람이 소설을 읽는 독자들에게 그대로 전달될 만큼 한강의 소설은 생생한 감각들의 집합체다.

그래서인지 인간의 '몸'은 그의 소설에서 꾸준히 주요한 테마로 등장해 왔다. 몸이 없다면 세계를 느끼는 우리의 감각 또한 존재할 수 없기 때문이다. 두 번째 소설집 《내 여자의 열매》와 장편 소설 《그대의 차가운 손》, 연작 소설 《채식주의자》에 이르기까지 한강은 인물의 몸을 소재로 삼아 소설을 썼다. 먼저 단편 소설 〈내 여자의 열매〉를 살펴보자. '나'는 어느 날 '아내'의 몸에 생긴 푸른색의 멍 자국들을 보게 된다. 어디서 다친 것인지 모르겠다는 아내의 말에 '나'는 병원에 가 보라며 무심히 넘긴다. 그러나 멍들은 날이 갈수록 커지고 짙어지다 결국은 아내의 어깨와 등을 전부 덮어 버릴 만큼 자라난다. 시간이 흘러 출장을 갔다가 돌아온 '나'는 엉망이 된 집 베란다에서 아내를 발견한다. 온통 초록색으로 변해, 나무처럼 가지를 뻗고 있는 아내를.

〈내 여자의 열매〉의 '아내'는 이전에 발표된 장편 소설《검은 사슴》의 '의선'과 여러모로 유사하다. 고향을 등지고 서울로 도망치듯 떠나왔지만, 갑갑한 도시의 생활을 괴로워하다 결국 갈 곳을 잃은 인물이라는 점, 발가벗은 맨몸으로 마치 식물처럼 햇볕을 쐬려한다는 점이 그러하다. 단편집 《내 여자의 열매》에 실린 소설 속 여성 인물들은 그렇게 삶의 무게와 싸우면서 더 밝은 곳, 생명이 지닌 생생한 힘을 마음껏 펼칠 수 있는 곳을 그리워한다. 그들은 결국 답답한 세계의 속박을 거부하고 떠나거나, 죽음을 택하거나, 식물로 변해 버린다. 그러나 이들의 선택을 삶에 대한 포기나 도피로만 해석할 수는 없다. 그녀들의 내면에는 이 '지긋지긋한' 삶을 어떻게든 더 나은 방향으로 이끌어 가고 말겠다는 치열한 욕망이 들끓고 있기 때문이다.

대표적으로 중편 소설 〈아기 부처〉의 서술자인 '나'는 남편의 외도를 지켜보면서 그와 함께 사는 생활을 이어 간다. 아나운서인 그녀의 남편은 누구나 한눈에 반할 만큼 매력적인 외모를 가졌지만, 동시에 화상 자국으로 붉게 일그러진 몸을 감추기 위해 늘 전전긍긍하며, 출세와 성공에 과도하게 집착하는 이기적인 사람이다. 외도 사실을 들키고도 도리어 자신을 비난하는 남편에게 '나'는 분노하지 않는다. 다만 자신이 남편에게 '매혹'을 느끼지만 '사랑'하지는 않는다는 사실만 재차 확인할 뿐이다. 그렇다면 그녀는 무엇을 사랑하는가?

어느 날 '나'는 남편과 함께 산을 오르다 어느 젊은 남자의 눈부신 몸을 보게 되고, 강렬한 충동에 시달린다. 그 남자의 몸을 만지고 자신의 맨몸을 문지르고 싶다는 욕망, 그리고 남편의 옷을 벗겨 사람들 앞에 그의 일그러진 몸을 내보이고 싶다는 욕망이다. 이것을 단순히 성적인 끌림이나 외도의 욕구로만 읽어 낼 수는 없다. '나'의 욕망은 진정으로 살아 있는 인간의 몸, 옷 아래 감춰지는 대신 대낮의 햇볕에 환하게 드러나는 몸에 대한 것이기 때문이다. 그러한 몸은 거짓과 가식으로 왜곡되지 않고, '살아 있음'을 생생하게 드러내는 생명의 증거다.

그런 몸을 원하면서부터 '나'는 자신이 선택한 결혼 생활이 억압과 속박이었음을 깨닫게 된다. 동시에 꿈속에서 음산하게 그녀를 비웃는 아기 부처가 나타나고, '나'는 지독한 불면과 신체적 통증에 시달린다. 그러나 꿈에서 아무리 발로 짓이기고 밟아 대도 아기 부처의 얼굴은 사라지지 않는다. 이는 불교에서 말하는 '번뇌'의 형상과 유사하다. 이 소설을 쓰던 무렵 한강은 불교의 교리에 빠져들어 있었고, 그 관심의 흔적이 작품에도 반영된 것으로 보인다. 하지만 소설은 종교적 가르침이나 교훈이 아니라 한강만의 독특한 사유를 보여 주는 방향으로 나아간다.

끊임없이 그녀를 괴롭히던 아기 부처의 얼굴이 꿈에 나타나지 않게 된 것은, 그녀가 자신의 통증을 외면하지 않기로 마음먹은 뒤부터이다. 엄격한 어머니 밑에서 아파도 울지 않도록 길러진 그녀는 그동안 애써 고통을 모른 척해 왔다. 그러나 '나'는 곧 고통이야말로 삶의 본질임을 깨닫게 된다. 그녀를 향한 어머니의 사랑도, 외도 상대를 향한 남편의 사랑도, 나아가 인간의 '몸'이 가진 생명력을 갈망하는 그녀 자신의 사랑도 결국은 고통스러운 것이다. 그러한 고통을 감추거나 왜곡하려 하면 할수록 진정한 삶과는 더욱 멀어지게 된다. 그것이야말로 한강이 인간의 '몸'을 통해 탐구하려 했던 삶의 진실이었다.

한쪽 면에 늘 죽음과 고통이 깃들어 있는 삶. 그러한 사유를 확장하고 밀어붙여 새롭게 쓴 소설이 2007년에 출간된 연작 소설 《채식주의자》이다. '식물로 변한 한 여자의 이야기'라는 아이디어가 〈내 여자의 열매〉로 발표된 지 꼭 10년 만이었다. 《채식주의자》에 수록된 세 편의 소설들은 주인공 '영혜'를 중심으로 그들 부부와 가족에게 일어나는 일을 그리고 있다. 어느 날부터 육식을 견딜 수 없게 된 영혜는 돌연 채식을 선언하고, 그녀의 남편과 형부, 언니인 '인혜'가 차례로 화자가 되어 그녀를 지켜본다. 〈내 여자의 열매〉에서 햇볕을 그리워하던 '아내'의 몸이 식물로 변하는 환상적 요소가 등장했다면, 《채식주의자》 연작은 그보다 현실적인 차원에서 세계를 향한 인물의 갈망과 거부를 다루고 있다.

한강은 《채식주의자》 연작을 이루는 세 편의 소설을 집필한 후 '고통 3부작'이라는 이름을 붙였다고 한다. 그만큼 이 소설은 인물이 느끼는 처절한 고통을 세부적인 감각 차원에서 표현해 내며, 그 중심에는 원시적인 '몸'에 대한 강렬한 욕망이 자리하고 있다. 《채식주의자》는 파격적인 성(性)적 묘사와 형부와 처제의 근친상간 소재 등으로 화제가 되는 한편, 여성 인물인 영혜가 거부하는 속박이 권위적인 아버지, 무관심하고 이기적인 남편과 형부로 대표되는 남성 중심적 세계라는 점에서 페미니즘 소설로 지목되기도 했다. 이후 한강의 작품 세계가 여성주의적 측면에서 해석되는 적극적인 계기를 마련해 준 소설로도 평가된다. 이후 2016년, 한강은 이 소설로 영국의 권위 있는 문학상인 부커상 인터내셔널 부문을 수상했다.

'몸'에 대한 한강의 관심은 인물의 생생한 고통을 비롯하여 문학 외의 다양한 예술 장르를 소설 속에 활용하는 데로도 나아갔다. 사진작가, 화가, 비디오 아티스트와 조각가 등 소설의 주요 인물들이 예술가로 설정되어 있을 뿐 아니라 예술 분야 자체가 작품의 주요 테마로 등장하기도 한다. 《내 여자의 열매》가 출간된 해 발표한 장편 소설 《그대의 차가운 손》은 조각 기법 중 사람의 몸에 직접 석고를 발라 본을 뜨는 라이프 캐스팅(Life casting)을 소재로 삼고 있다. 마치 인간의 몸에서 '껍데기'를 분리해 내는 듯한 소설 속 '나(운형)'의 석고 작업은, 어떻게 해야 인간 존재의 본질에 가닿을 수 있을지를 질문하는 한강의 글쓰기와 겹쳐진다고 할 수 있다.

조각가인 '나'는 어릴 때부터 사람의 겉모습이 아니라 그 내부의 장기들을 포함한 신체 자체에 관심이 있었고, 그가 모델로 삼고자 하는 인물은 자신의 몸을 혐오해 왔던 'L'과 'E'라는 두 여성이다. 라이프 캐스팅은 이들이 감추려 했던 몸의 진실을 드러내는 역할을 한다. 그것은 피부를 불태우듯 화끈거리는 석고를 떼어 내는 작업의 고통만큼이나 고통스러운 과정이다. 소설의 결말 부분에서는 '나' 역시 분노한 'E'에 의해 라이프 캐스팅의 대상이 되어 석고 틀 안에 가두어지고 만다. 내내 그녀들의 진실을 탐닉하고 자신의 예술에 활용하는 주체였던 '나'가 거꾸로 그 자신의 껍데기를 마주하며, 그녀들이 느꼈던 고통을 고스란히 느끼게 되는 권력 관계의 반전이야말로 이 소설의 백미다.

한강은 두 사람이 서로의 껍데기를 부수는 마지막 장면을 가리켜 '진실' 쪽으로 한 걸음 더 나아가려는 일종의 '제의'라고 언급한 바 있다.[*] 이때 그가 말하는 진실은 단순히 사람의 외모보다 내면이 중요하다는 흔한 교훈을 뜻하지 않는다. 인간이 무엇인지, 인간이 살아간다는 것은 무엇을 의미하는지 알고자 했던 그에게 인간의 '몸'은 '살아 있음'을 증명하는 단 하나의 진실이었다. 감추어지거나 학대당하지 않는 몸, 그러한 몸이 지닌 진실을 껍데기로부터 구해 내려는 문학적 고민이 문학 외의 다른 예술 장르들과 접속했던 것이다. 이러한 점 때문에 한때 그의 소설은 '예술가 소설'이라고 불리기도 했다.

그러나 한강에게 소설이 궁극적으로 나아가야 할 곳은 언제나 '인간'이었다. 글쓰기를 통해 인간의 진실에 가닿으려는 그의 (불)가능한 작업에 예술은 영감의 원천이자 풍부한 실마리가 되어 주었다. 이는 추후 한강 자신이 만들고 노래한 곡들을 발표하거나, 현대 미술 전시회에 직접 참여하는 등 다양한 활동들로도 나타났다.

4. 폭력에 맞서는 진실의 힘

지금까지 살펴본 것처럼, 인간의 몸이 대변하는 삶의 '진실'은 꾸준히 한강 소설의 주된 화두였다. 그리고 그 진실을 억압하는 폭력적인 세계에 대한 날카로운 인식이 그의 글쓰기를 뒷받침했다. 《그대의 차가운 손》, 《채식주의자》를 거치며 한강이 보여 준 것은

• 강지희(2011), 〈고통으로 '빛의 지문(指紋)'을 찍는 작가〉, 《작가세계》 2011년 봄호

자신을 속박하고 거짓을 강요하는 세계의 폭력과 기만(欺瞞)을 거부하고 그로부터 벗어나려는 인물들의 고군분투였다. 그런데 이후 한강의 질문은 조금씩 변하게 된다. 폭력을 거부하기 위해 그런 세계에서 살아가는 것 자체를 거부한다면, '인간은 왜 사는가?'에 대한 답변은 결국 죽음으로 수렴될 수밖에 없기 때문이다. 죽음만이 고통스러운 삶의 해답이라고 단정하는 순간 모든 것은 무의미해진다. 하지만 한강의 관심은 삶에 대한 포기나 체념이 아니라, 그토록 고통스러워도 끝까지 나아가는 인간의 불가사의한 힘에 있었다.

무엇이 우리를 살게 하는가? 어떻게 우리는 다시 나아갈 수 있을까? 이 질문을 밀어붙인 끝에 나온 작품이 장편 소설 《바람이 분다, 가라》와 《희랍어 시간》이다. 2010년 출간된 《바람이 분다, 가라》는 '나(정희)'가 친구 '인주'의 죽음에 얽힌 미스터리를 찾아가는 추리 소설 형식을 취하고 있다. 인주가 스스로 목숨을 끊었을 리 없다고 믿는 '나'와 그녀의 죽음을 젊은 예술가의 비극적인 자살로 신화화하려는 '강석원'이 서로 대립한다. '나'는 인주의 전기(傳記)를 쓰려는 강석원의 작업을 저지하고자 하지만, 강석원은 진실을 감추기 위해 '나'를 죽이려 한다.

한강에게 이 소설은 《채식주의자》가 준 깨달음을 죽음이 아닌 삶 쪽으로 한 발 더 옮겨 놓는 과정이었다. 《채식주의자》에서 주인공 '영혜'는 폭력적인 현실을 등지고 마치 식물처럼 인간의 삶을 거부하는 인물이었다. 그러나 인간은 결코 식물이 될 수 없기에, 인간의 삶을 살아야 하는 인간에게는 새로운 질문이 필요했다. 그렇다면 어떻게 살아갈 것인가? 거짓과 폭력, 구속이 아닌 '살아 있음'의 진실은 어떻게 증명할 수 있는가?《바람이 분다, 가라》는 이 질문에 대한 한강의 한 가지 대답을 제시한다. 폭력과 끝까지 싸우며 끝내 살아 내고야 마는 것. 그렇게 만신창이가 되어서도, 그럼에도 불구하고 살아남는 것.《바람이 분다, 가라》의 마지막 장면에서 피투성이가 된 '나'가 불타오르는 인주의 집에서 기어코 바깥으로 몸을 내밀어 호흡을 시도하는 모습은, 죽음이 아닌 삶 쪽으로 몸과 혼을 기울이려는 한강의 글쓰기 그 자체이기도 했다.

이듬해 출간된《희랍어 시간》은《바람이 분다, 가라》와 다소 다른 분위기를 보여 준다.《바람이 분다, 가라》가 악전고투를 거듭하는 인물의 고통과 진실을 향한 강렬한 의지를 주된 테마로 삼았다면,《희랍어 시간》은 그보다 깊숙한 내면에 존재하는 인물의 상처와 심리 묘사를 중심으로 진행된다. 어느 날부터 말〔言〕을 잃어버린 여자와 시력을 점차 잃어 가는 남자가 고대 그리스어인 희랍어 수업에서 수강생과 강사로 만난다. 여자는 이혼 후 남편이 데려간 아이를 그리워하고 있고, 남자는 곧 사라져 버릴 눈앞의 세계 속에서 살고 있다. 이미 죽은 언어가 되어 아무도 쓰지 않는 말인 희랍어는 그런 두 사람의 접점이자 탈출구이다. 보이는 세계의 소멸을 앞둔 자가 이미 소멸해 버린 말 속에서 어떤 온기를 발견한다. 이 소설의 핵심은 바로 그 '온기'에 있다.

우리가 정말로 이 세계에서 살아 나가야 한다면, 어떤 지점에서 그
것이 가능한가? (중략) 이 소설을 쓰며 나는 묻고 싶었다. 인간의 가
장 연한 부분을 들여다보는 것, 그 부인할 수 없는 온기를 어루만지는
것, 그것으로 우리는 마침내 살아갈 수 있는 것 아닐까, 이 덧없고 폭
력적인 세계 가운데에서?

– '노벨문학상 수상 강연문'에서

한강이 발견한 또 하나의 삶의 진실은 인간이 지닌 따뜻함, 누
구도 부정할 수 없으나 금세 파괴될 수 있을 만큼 약하고 보드라운
부분에 있었다. 세계는 여전히 폭력적이지만 그 세계를 버티며 살
아갈 힘은 인간 내부에 존재하는 온기로부터 나오는 것이 아닐까.
이 질문을 고민한 끝에 그는 《희랍어 시간》에서 그러한 온기를 서
로 맞대고 나누는 두 사람의 이야기를 썼다. 남자는 여자를 볼 수
없고 여자는 남자에게 소리 내이 말할 수 없으므로, 그들의 대화는
손바닥에 직접 글씨를 쓰는 것으로 이루어진다. 피부와 피부가 맞
닿으면서 서로가 가진 과거의 상처와 모욕과 누군가를 그리워하
는 마음들이 오간다. 온기란 바꾸어 말하면 바로 인간의 몸이 가진
특성이기 때문이다. 눈과 입을 통해, 세계를 향해 언제든지 열릴
수 있으면서도 도로 꽉 닫힐 수도 있는 몸은 그 안쪽에 인간의 가

장 존엄한 생명을 보존하면서도 동시에 얼마나 쉽게 다치고 상할 수 있는 것인가.

바로 이 질문을 거쳐 폭력에 맞서는 인간의 존엄을 사유하는 방향으로 나아간 소설이 2014년 발표한 《소년이 온다》이다. 1980년 광주에서는 신군부의 폭력 진압으로 수많은 시민이 목숨을 잃는 사건이 벌어졌다. 아홉 살이던 한강은 그 일이 벌어지기 4개월 전에 아버지를 따라 서울로 이사를 와 있었다. 광주 민주화 운동이 무엇인지, 그것이 어떤 의미의 사건이었는지 채 알지 못한 채 열두 살이 된 그는 집에서 우연히 사진첩 한 권을 발견했다. 아이들이 보지 못하게 안방의 책장에 뒤집어 꽂아 둔 책이었다. 거기에는 그해 광주에서 군인들의 총탄에 희생된 사람들, 그리고 그들을 위해 헌혈하려고 길게 줄을 서 있는 또 다른 사람들의 모습이 있었다. 《소년이 온다》의 에필로그에서 한강은 그 사진첩을 끝까지 펼쳐 본 유년의 소감을, "자신 안의 '연한 부분'이 깨어진 것을 느꼈다."라고 적었다.

《희랍어 시간》을 출간하고 다음 작품을 구상할 때, 한강이 처음 계획한 소설의 내용은 '삶을 껴안는 눈부시게 밝은 소설'이었다. 연약하지만 끈질긴 따뜻함으로 끝내 죽음이 아닌 삶을 온전히 바라보는 인간에 관한 소설. 그런 소설을 쓰다가 여러 번 실패했을 무렵 그가 떠올린 것이 광주였다. 그토록 압도적인 폭력을 간접적으로나마 접한 그에게 삶을 온전히 껴안는 일은 불가능했다. 대신 인간의 삶이 증명하는 진실과 존엄에 대한 질문을 확장했다. 인간은 어떻게 인간에게 그토록 엄청난 폭력을 가할 수 있는가? 동시에, 인간은 어떻게 다른 인간에게 자신의 피를 나누는 행동을 하는 것인가? 인간은 어째서 이런 행동을 하는가? 어릴 적에 광주의 참상을 사진으로 목격한 뒤 줄곧 품어 온 수수께끼였다.

광주 민주화 운동을 하나의 소재로 삼겠다고 생각했던 애초의 구상은, 광주 망월묘지공원에 방문한 뒤 완전히 바뀌었다. 민주화 운동에 참여한 이들을 기리는 묘지를 뒤로하고 걸어 나오며 한강은 "광주를 정면으로 다루는 소설을 쓰겠다."('노벨문학상 수상 강연문'에서)라고 마음먹었고, 관련 증언 자료집과 문헌들을 읽어 나가는 작업을 시작했다. 국가의 일방적인 학살과 참상에 대한 생생한 증언들은 읽는 것만으로도 견딜 수 없을 만큼 고통스러웠기에 몇 번이나 작업이 멈춰지곤 했지만, 소설은 결국 세상에 나왔다. '동호'라는 소년을 비롯해 그해 5월 광주에서 죽거나 살아남은 이들의 목소리를 빌려 그날의 일, 그리고 그 이후의 삶들을 증언하는 소설이.

이 소설을 쓰는 내내 한강은 스스로도 많이 흔들렸다고 고백한다. 인간이 저지른 그토록 잔혹한 일들 사이에서, 또한 인간이기에 보여 줄 수 있는 온기, 《희랍어 시간》에서 그가 포착하고자 했던 연하고 부드러운, 따뜻한 부분들이 있었다. 바로 그것들이 인간에 대한 불신과 냉소로 기울어지려는 그의 글쓰기를 붙잡아 주었다. '몸'을 가진 살아 있는 자로서 인간이 품은 삶의 진실은 언제든지 쉽게 파괴될 수 있으며 또 한없이 연약하다는 사실은, 바로 그렇기에 그 삶이 훼손되어서는 안 된다는 존엄성을 증명한다. 《소년이 온다》를 통해 한강이 나아가고자 한 곳은 그렇게 훼손된 진실과 인간의 존엄을 향한 애도였다. 이를 위해 '너'의 혼(魂)을 불러내 그 목소리를 듣고, '너'와 같은 학생들의 묘지에 촛불을 켰던 것이다. 누구보다 살고자 했으며, 살기 위해 눈을 부릅뜨고 죽음과 폭력을 마주 보았을 사람들의 존엄을 기리기 위해.

한강은 한 편의 소설을 마칠 때마다 자신에게도 변화가 일어난다고 술회한 바 있다. 소설을 통해 자신이 품고 있던 문학적 질문들을 확장하고 심화해 온 그에게, 《소년이 온다》는 또 다른 의문의 출발점이기도 했다. 압도적인 폭력과 연한 아름다움이 공존하는 세계, 그 속에서 인간의 참혹으로부터 존엄의 세계로 나아가는 동안, 끈질기게 그를 붙들었던 것은 죽은 이들의 '혼'이었다. 실체가 없지만 분명한 기척으로 어른거리는 어떤 것. 그 느낌에 의지해 《소년이 온다》에 반복되는 초혼(招魂)을 써 넣었고, 다음 해 발표한 단편 소설 〈눈 한 송이가 녹는 동안〉에서도 그 일은 계속되었다. 살아 있지도 완전히 죽어 사라지지도 않은 혼의 형상을 상상하면서, 죽은 이들의 죽음을 가슴에 품은 채로. 인간의 존엄에 대해 계속해서 쓰겠다는 결심이 곧 인간이라는 존재를 남김없이 껴안을 '사랑'에 도달하는 순간이었다.

5. 우리는 모두, 연결되어 있다

《소년이 온다》 이후 한강은 2016년 장편 소설 《흰》을, 2021년에는 《작별하지 않는다》를 발표했다. 2016년 번역가 데보라 스미스에 의해 《채식주의자》 영역판이 출간되면서 아시아 최초로 부커상의 주역이 된 이후, 《소년이 온다》의 차기작이 어떤 작품이 될지 사람들의 관심이 최고조에 달해 있을 때였다. 《흰》은 그러한 와중에도 자신만의 문체로 담담하게 질문을 던지는 한강의 목소리가 녹아 있는 작품이다. 작가 자신의 자전적인 이야기를 바탕으로, '흰' 것에 대한 그의 줄기찬 믿음과 사유가 짧은 시처럼 서술된다.

이 소설을 구상할 무렵 한강은 폴란드 바르샤바에 머물며 예술가들에게 작업 공간 및 재정을 지원하는 한 프로그램에 참여하고 있었다. 이 바르샤바라는 도시가 가진 파괴와 재건의 이미지에 그는 사로잡혔다. 한때 무참히 파괴되었으나 오롯이 되살아난 도시의 모습은 《소년이 온다》를 쓴 뒤 줄곧 그의 화두였던 '혼'을 다시 불러내었다. 그렇게 죽음과 삶의 경계에 있는 혼, 그리고 생성과 소멸을 동시에 드러내는 '흰' 색을 연결 짓는 사유가 《흰》의 바탕이 되었다.

바르샤바에서부터 집필을 시작한 《흰》은 그간 펴냈던 산문집이나 자전적 소설들에 종종 등장했던 언니의 존재를 중심으로 하고 있다. 한강이 태어나기 전 세상에 났으나 두 시간 만에 죽었다는 아기의 이야기. 언니 대신, 그녀의 빈자리에 자신이 태어나 살아가고 있는지도 모른다는 상상으로부터 소설은 시작되었다.

눈, 배내옷, 안개, 성에, 파도, 소금……. 소설에 담긴 65가지의 흰 것들 중 가장 대표적인 이미지는 '눈[雪]'일 것이다. 한강은 폭설이 내리거나 눈보라가 치는 날이면 그토록 공격적이다가도, 또 그토록 쉽게 녹아 사라지는 눈의 양면적인 특성에서 인간이 지닌 삶과 생명을 보았다. 눈의 아름다움은《소년이 온다》를 집필할 당시 계속해서 떠오른 질문과도 연결되었다.

세계는 왜 이토록 폭력적이고 고통스러운가? 동시에 세계는 어떻게 이렇게 아름다운가?

– '노벨문학상 수상 강연문'에서

따라서 단순히 하얗고 깨끗한 빛깔을 뜻하는 '하얀'이라는 단어가 아니라 '흰'을 골랐다고, 그는 '작가의 말'에 적었다.

지극히 폭력적이고 적대적이면서도 동시에 지극히 아름다운, 말하자면 죽음과 삶이 서로 연결된 채 함께 놓인 모습. 그러한 순환의 상상력이《흰》의 토대가 된 셈이다. 죽은 언니의 혼이 살아 있는 자신에게로 옮겨 와 바르샤바의 거리를 걷고 있다는 상상처럼, 삶과 죽음이 단절된 세계가 아니라 서로 연결되고 겹쳐져 있다는 것. 그리고 그 경계의 영역에 인간이 놓여 있다는 생각은 사실

한강의 전반적인 작품 세계를 떠받치고 있는 전제라는 점에서 주목해 볼 만하다.

눈을 포함한 '흰' 것들로부터 삶과 죽음 사이를 너울거리는 혼의 이미지가 구체적인 형상으로 나아간 것은 《작별하지 않는다》에서였다. 《흰》이 출간된 지 5년 만에 발표한 이 작품은 《소년이 온다》 이후 다시 한번 한국의 역사적 사건을 소재로 삼았다는 점에서 출간 당시부터 주목받았다. 《소년이 온다》가 다루는 광주 민주화 운동과 《작별하지 않는다》의 제주 4·3 사건 모두, 국가의 일방적 폭력과 학살로 무고한 사람들이 목숨을 잃은 사건이라는 점 역시 두 작품이 자주 나란히 놓이는 계기가 되었다.

《소년이 온다》와 《작별하지 않는다》는 소설의 내용상으로도 서로 연결되어 있다. 주인공이자 작중 화자인 '나(경하)'는 '그 도시'에서 일어난 학살에 대한 소설을 쓴 뒤 여러 신체적 고통에 시달리는데, 이는 한강이 실제로 《소년이 온다》를 써내면서 겪은 몸의 변화와도 유사하다. 나아가 소설 속 '나'가 꾸는 꿈의 내용도 실제로 한강 자신이 꾼 꿈을 반영한 것이다. 가지가 없는 수백 그루의 검은 통나무들이 들판에 심겨 있고, 나무 뒤에는 이름 없는 무덤들이 솟아 있다. 이윽고 바닷물이 밀려 들어와 그 나무와 무덤들을 뒤덮는다. '나'는 무덤 속 뼈들을 구해야 한다고 생각하지만, 그럴 도구도 충분한 힘도 남아 있지 않다. 소설 속 이야기의 시작을 알리는 이 꿈은 한강이 《작별하지 않는다》를 써야겠다고 마음먹게 된 출발점이기도 했다.

《흰》을 발표한 이듬해인 2017년 겨울, 그는 제주도에 작은 방을 하나 얻었다. 그리고 제주의 날씨와 공기에 몸을 적시며 소설의 틀과 세부를 구상했다. 광주에 대해서 쓰겠다고 생각했을 때처럼, 여러 사람들의 증언과 자료집을 들여다보며 최대한 사건에 가까이 가려 노력했다. 공책을 펼쳐 이런 메모들을 적기도 했다.

생명은 살고자 한다. 생명은 따뜻하다.
죽는다는 건 차가워지는 것. 얼굴에 쌓인 눈이 녹지 않는 것.
죽인다는 것은 차갑게 만드는 것.
역사 속에서의 인간과 우주 속에서의 인간.
바람과 해류. 전 세계를 잇는 물과 바람의 순환. 우리는 연결되어 있다.
연결되어 있다, 부디.

– '노벨문학상 수상 강연문'에서

《작별하지 않는다》에서 한강은 공식 역사에서 사라지다시피 한, 그래서 국가적 차원에서 제대로 애도조차 받지 못한 제주 4·3 희생자들의 넋을 기리는 작업을 수행한다. 여기에는 인간의 본질에 대해 꾸준히 파고들어 온 그의 질문이 놓여 있다. 인간이라는 것은 무엇인가? 인간으로서 살아간다는 것은 무엇을 의미하는가? 이토록 폭력적인 세계에서 우리는 무엇으로 끝까지 나아가야 하는가?

《소년이 온다》에서 인간의 참혹과 존엄을 확인했다면,《작별하지 않는다》는 참혹에 맞서 존엄으로 한 걸음 더 향하는 이야기여야 했다. 이를 위해 한강은 '정심'이라는 인물을 내세워 엄청난 고통이 지배하는 삶, 동시에 지극한 사랑으로 그것을 이끌어 나가는 삶을 제시하고자 했다.

정심은 제주 4·3 당시 오빠를 잃었으며, 학살 생존자인 인선의 아버지와 결혼해 인선을 낳은 인물이다. 그녀는 실종된 오빠의 유해를 찾기 위해 국가 권력이 은폐한 4·3의 진실을 한순간도 잊지 않고 관련 자료들을 평생 동안 수집해 왔다. 그러한 작업을 인선이 물려받고, 그 흔적을 다시 '나'가 확인하는 장면은 정심이 보존해 온 기억이 세대와 가계(家系)를 넘어 지속되고 확산되는 모습을 보여 준다. 동시에 사건의 희생자들, 정심과 같은 유족들이 느꼈을 고통이 사건과 직접 관련되지 않은 인선과 '나'에게도 전해지면서 죽은 자들과 산 자들이 연결된다. 그렇게 과거와 현재가, 죽음과 삶이, 고통과 사랑이 연결된다. 마치 죽은 이들의 얼굴에 내린 눈이 바람과 해류를 타고 전 세계를 돌다가 다시 지금 우리의 머리 위로 쏟아지듯이.

그리하여 《작별하지 않는다》에서 차가운 죽음과 따뜻한 생명은 서로의 몸을 맞댄 채 계속해서 나아간다. 사랑하는 사람을 위해 끈질기게 진실을 놓지 않고 기억해 온 정심의 삶이 그러했던 것처럼. 소설의 마지막 장면에서, '나'는 인선의 환영과 함께 촛불을 밝힌

다. 강기슭을 건너 이쪽으로 오는 혼들을 위로하고 정식으로 애도
받지 못했던 그들의 죽음을 애도하기 위해서이다. 그리고 살아 있
는 현재의 우리가 과거에 죽은 그들의 고통을 기억하고 있음을, 그
기억과 작별하지 않는 우리는 서로 연결되어 있음을 전하기 위해
서이다.

혼들과 작별하지 않으려 했던 정심의 의지와 그녀가 견뎌 온 고
통은 그것을 소설로 써낸 작가 한강의 몸으로, 나아가 그가 쓴 소
설을 읽는 우리의 몸으로도 전해진다. 그 연결됨이야말로 거대하
고 압도적인 폭력에 맞서 인간의 존엄을 증명한다. 결코 훼손될 수
없고 훼손되어서도 안 되는, 한강이 '지극한 사랑'이라 일컬은 희
고 연한 부분을.

6. 빛을 향한 실뜨기

《작별히지 않는다》가 출간된 지 5년이 흘렀다. 그동안 한강의 소
설들은 여전히 많이 팔리고, 많이 읽혔다. 각국의 언어로 번역되
어 전 세계의 독자들을 만나기도 했다. 2024년 10월에는 한국 최
초이자 아시아 여성 최초로 노벨문학상 수상자가 되면서 또다시
엄청난 주목을 받았다. 아시아 국적을 가진 수상자는 2012년 이후
12년 만이라는 점, 수상자들의 평균 연령에 비해 젊은 나이라는 점

도 국내외 언론과 대중의 뜨거운 반응을 불러일으켰다. 수상 후보 자들을 심사하는 스웨덴 한림원은 한강에게 노벨문학상을 수여한 이유를 밝히며 한강의 문학 세계를 다음과 같이 평가했다. "역사적 트라우마에 맞서고 인간 삶의 연약함을 폭로하는 강렬한 시적 산 문"이며 한강은 "현대 산문의 혁신가"라고.

이 평가에서 '역사적 트라우마에 맞선다'는 부분을 보면 한강의 여러 작품 중 《소년이 온다》와 《작별하지 않는다》를 우선 떠올리 게 된다. 한국 현대사에서 대규모의 피해자들을 남긴 굵직한 사건 들을 주요 소재로 삼는 작품들이기 때문이다. 그런데 한강 스스로 도 밝히듯이 그의 소설 중 한국의 사회적 문제, 역사의 아픔을 다 룬 작품이 그 두 편에만 한정되지는 않는다. 예컨대 1998년 발표 한 《검은 사슴》은 1970년대 강원도 탄광의 열악한 환경과 정부의 폐광 조치를 둘러싼 사건들, 집필 당시 작가 자신이 직접 목격한 폐광 이후 쇠락한 도시의 풍경을 담아내고 있다. 《그대의 차가운 손》이나 《채식주의자》의 경우도 소설 속 여성 인물들이 겪는 고통 은 그들을 둘러싼 사회적 시선과 권력의 문제와 무관하지 않다. 현 재 시점에서 돌아보면 그들이 선 피억압 또는 구속의 위치를 일종 의 역사적 트라우마, 나아가 여전히 진행 중인 우리 사회의 문제로 해석할 수 있을 것이다.

다음으로, 한강 소설의 주제를 관통하는 '인간 삶의 연약함'이라 는 화두는 지금까지 그의 작품 세계를 살펴보며 확인했다. 첫 소설집인 《여수의 사랑》을 비롯하여 가장 최근의 작품인 《작별하지 않는다》에 이르기까지, 한강은 인간 내부의 훼손 불가능한 진실에 대해 꾸준히 질문해 왔다. 그것은 '인간'이란 어떤 존재인가에 대한 중요하고 다양한 질문들―나는 누구인가? 인간은 무엇인가? 우리는 왜 태어나서 살아가며, 또 왜 죽어야 하는 존재인가? 이토록 폭력적인 세계에서, 우리를 계속 나아가게 만드는 것은 무엇인가? 인간의 참혹과 존엄 사이에서 존엄으로 우리를 이끄는 것은 무엇인가? 우리는 어떻게 계속 나아가야 하는가?―로 변주되며 그의 글쓰기를 앞으로 밀어내는 동력이 되었다. 인간의 생명은 한순간에 파괴될 만큼 부서지기 쉽지만, 그토록 고통스러운 삶을 끝까지 살아 내어 마침내 죽은 자들과 산 자들을, 그리고 과거와 현재를 연결할 수 있다는 점에서 한없이 아름답다. 세계를 순환하는 흰 눈송이처럼.

마지막으로 '강렬한 시적 산문'은 한강의 소설을 포함한 그의 산문을 이루는 문장에 관한 것이다. 간결하면서도 섬세한 감각으로 깅럴한 이미지를 만들어 내는 한강의 문장은 시(詩)의 세계와도 닮아 있다. 시는 짧은 단어와 어구 안에 다양한 감정을 응축해 생생하게 진달함으로써 감동을 주는데, 그의 문장 또한 온몸으로 느껴지는 인물의 고통이나 예술이 안겨 주는 황홀한 감각을 절제된 설명 안에 담아내고 있다는 점에서 시적 아름다움을 발견할 수 있다. 한편, 우리의 '느낌' 자체를 언어를 사용해 완벽하게 전달한다는 것은 사실 애초부터 불가능한 일이다. 그러나 이 불가능한 작업을 끊임없이 시도한다는 점에서도 한강의 글쓰기는 시와 맞닿아 있다.

노벨문학상 수상을 기념하는 자리에서 한강은 자신의 문학 세계를 돌아보며 앞으로 나아갈 길에 대해 이야기했다. '빛과 실'이라는 제목을 붙인 이 강연에서 그는, 지금까지 자신이 파고들었던 문학적 질문들이 모두 같은 곳을 향해 나아가고 있었음을 비로소 알게 되었다고 말한다. 그리고 그것은 이 글의 첫머리에 인용한 유년 시절 그가 쓴 시에서 이미 싹을 틔우고 있었다. 바로 그가 그토록 더듬어 보려 애썼던 것, 인간의 가장 희고 연한 부분, 고통과 아름다움을 날개처럼 펼치며 계속해서 진실 쪽으로 우리를 끈질기게 이끄는 어떤 것. 바로 '사랑'이다.

사랑이란 어디 있을까?
팔딱팔딱 뛰는 나의 가슴 속에 있지.
사랑이란 무얼까?
우리의 가슴과 가슴 사이를 연결해 주는 금실이지.

세차게 뛰는 '나'의 심장에서 시작된 실이 '우리'의 심장과 심장을 연결한다. 열 살의 한강이 사랑이라고 불렀던 그 실이다. 살아 있기에 전할 수 있는 희미한 맥박이 실을 타고 전해진다. 혼(魂)들과 함께 촛불처럼 일렁이다 마침내 금빛으로 환하게 타오른다. 끊어질 듯 연약하지만, 기어코 더 넓게, 더 멀리, 더 많은 가슴과 가슴을 연결하는 금실. 어쩌면 한강의 글쓰기는 이 금실을 짓기 위한 실뜨기 같은 것이었는지 모른다. 가장 험하고 고통스러운 곳에서 가장 빛나는 사랑은 결코 짓밟히거나 훼손될 수 없다는 사실을 몇 번이고 확인하기 위해, 그는 실뜨기를 계속해 나갈 것이다. 그리고 한강의 문학을 읽는 우리 역시 그 실에 서로를 단단히 연결하며, 계속해서 나아가게 되리라는 것을 믿어 의심치 않는다. 춥고 어두운 곳에서 조금씩 빛이 드는 쪽으로.

02

한강의
작품
읽기

여수의 사랑

1995년 '문학과지성사'에서 출간된 소설집 《여수의 사랑》은 한강의 데뷔작인 〈붉은 닻〉을 포함해 총 7편의 작품으로 구성되었다. 1994년 소설가 데뷔 직후 20대의 한강이 1년여의 시간 동안 썼던 중단편들이 수록된 셈이다. 2007년 개정판으로 재출간되며 처음 7편 중 〈저녁빛〉이 삭제되었고, 작품 순서가 다소 바뀌었다. 2018년 2차 개정판에서는 작품 수는 6편으로 유지하고 작품 순서 및 각 소설의 장면이나 표현 등을 세부적으로 다듬거나 바꾸었다. 이 글에서는 2018년 개정판을 기준으로 책에 수록된 작품들의 구성과 내용을 살펴본다.

한강은 한 인터뷰에서, 《여수의 사랑》 개정판을 위해 작품을 다시 읽는 과정에서 '폭력'에 대한 자신의 문학적 관심이 아주 오래된 것이었음을 새롭게 알게 되었다고 밝힌 바 있다. 대중적으로 알려진 《채식주의자》 이전, 그러니까 소설가로서의 삶을 본격적으로 살기 시작했을 무렵부터 그는 폭력적인 세계와 그것을 뚫고 나가

려는 인간의 고군분투를 소설로 그려 내고자 했던 것이다. 《여수
의 사랑》에 담긴 한강의 질문들이 향후 그의 문학 세계를 어떻게
구성해 나가게 되는지를 유념하며 작품을 살펴보자.

1. 줄거리와 구성

① 〈여수의 사랑〉

비바람을 뚫고 달리는 여수행 열차 속에서 '나(정선)'는 며칠 전까
지 함께 살던 '자흔'의 모습을 떠올리고 있다. 이야기는 '나'가 여
수로 가고 있는 현재 시점과 과거 회상이 교차하며 진행된다.

　정체 모를 위통과 구토에 시달리며 혼자 살아가던 '나'는 자취방
집세를 감당하기 위해 룸메이트를 구한다. 이제껏 함께 살던 이들
은 그녀의 결벽성을 이기지 못하고 모두 떠나갔다. 그때 초라한 행
색의 자흔이 '나'가 붙인 광고지를 보고 찾아온다. 그러나 함께 살
기 시작한 뒤로 '나'는 그녀를 좀처럼 받아들이지 못한다. '더러움'
을 견딜 수 없어 하루에도 몇 번씩 방을 쓸고 닦으며 강박적으로
자신과 주변을 정리하는 '나'와 달리 자흔은 온몸에 멍을 달고 살
만큼 무방비하고 또 어수선한 사람이었기 때문이다.

　그러나 한편 자흔은 어딘지 모르게 따뜻하고 단단한 느낌을 주
는 사람이기도 하다. '나'는 스스로도 이해하지 못할 경멸과 호감

사이의 감정으로 그녀를 대한다. 그러던 어느 날, 자흔은 자신이 고아원에서 자랐으며 평생을 집 없이 떠돌아다녔음을 고백한다. 그런 자흔이 유일하게 고향으로 여기는 곳은, 다름 아닌 '나'의 고향인 여수이다. 반면 '나'에게 여수는 고통스러운 기억을 떠올리게 하는 증오의 대상이다. 그곳에서 아버지가 동반 자살을 기도했고, 그녀는 동생을 구하지 못한 채 혼자 살아남았기 때문이다.

그날 이후로 '나'는 여수를 떠올리게 하는 자흔의 존재를 견딜 수 없게 되고, 결국 그녀를 떠나보내고 만다. 자흔이 떠난 뒤에야 '나'는 비로소 자신이 자흔에게 품었던 감정, 그리고 그동안의 고통의 근원이 무엇이었는지 깨닫게 된다. '나'는 그것을 확인하기 위해 끝내 여수로 향한다. 비가 퍼붓는 여수에서 '나'는 아련하게 퍼지는 자흔의 웃음소리를 듣는다.

② ＜어둠의 사육제＞

'나(영진)'는 이모 가족이 사는 서울의 아파트 베란다에서 살고 있다. 며칠 전까지 목발을 짚은 채 '나'가 사는 베란다를 올려다보던 '명환'의 모습이 보이지 않는다. '나'는 명환과 만나게 되기까지 있었던 일을 회상한다.

스스로의 힘으로 대학 등록금을 마련하기 위해 홀로 상경한 '나'는 고향에서 알던 '인숙 언니'와 만나 함께 살기로 한다. 힘겨운 도시 생활에 지친 그녀에게 '나'는 동병상련을 느끼지만, 얼마 안 가 그녀는 '나'가 몇 년 동안 모은 전세금을 몰래 빼서 도망친다. 살 곳이 없어진 '나'는 서울에 사는 유일한 친척인 이모의 집에 얹혀 살게 된다. 이모 가족들의 멸시와 눈총에도 '나'는 그곳을 떠나지 않고, 결국 베란다로까지 밀려나고 만다.

명환은 작년 교통사고를 당해 한쪽 다리와 임신 중이던 아내를 잃었다. 과속하다 사고를 낸 젊은 남자와 그의 부인이 사과의 뜻을 전하며 용서를 구했지만, 명환은 그것을 받아들이지 않았다. 보상금을 모두 털어 기어코 그들 가족이 사는 아파트로 이사해 주변을 맴돌며 지켜봤고, 그런 그를 견디지 못한 가족은 결국 다른 곳으로 떠난다. 그들이 떠나자 명환은 우연히 마주친 '나'에게 자신의 아파트를 주겠다고 한다. 자신이 가진 걸 모두 주고 스스로 목숨을 끊으려는 명환의 끈질긴 부탁을 '나'는 끝내 거절하고, 이후 그 아파트를 떠나기로 마음먹는다. 짐을 모두 챙겨 이모의 집을 나서던 '나'는 명환이 투신자살했다는 이야기를 듣는다.

③ 〈야간열차〉

'동걸'은 대학 시절 '나(영현)'에게 특별한 친구였다. 체격도 좋고 늘 열정적으로 살아가는 그는 술에 취하면 늘 친구들에게 강원도로 향하는 야간열차 이야기를 한다. 그러나 막상 친구들과 야간열차를 타고 떠나자는 약속에는 끼지 않는다. 시간이 흘러 군을 전역한 '나'는 야간열차와 동걸에 대한 생각을 지울 수 없어 직장을 다니고 있던 동걸을 불러내 취하도록 술을 마신다. 다음 날 동걸의 집에서 눈을 뜬 '나'는 그의 어머니, 여동생 선주와 뇌사 상태로 누워 있는 동걸의 쌍둥이 형제를 보게 된다. 그리고 그동안 동걸이 그토록 치열하게 살아온 이유를 알게 된다. 그날 '나'는 홀로 야간열차에 올랐다가 중도에 내려 버리고 만다.

어머니가 돌아가시고 무력한 아버지와 냉담한 형수가 있는 집에서 '나'는 권태로운 생활을 이어 간다. 그러다 취직을 해 직장을 다니면서 야간열차의 존재도 잊어 간다. 그러던 '나'에게 어느 날, 동걸이 전화를 걸어 떠나는 자신을 배웅해 달라고 한다. 늦은 밤 비가 오는 청량리역에서 동걸을 만난 '나'는, 그가 탄 기차가 출발하는 것을 지켜보다 문득 달려가 기차의 난간을 붙들고 매달린다. 가까스로 '나'를 실은 채 야간열차는 빠르게 달린다.

④ 〈질주〉

아버지가 스스로 목숨을 끊은 뒤 의붓아버지와 어머니 밑에서 자란 '인규'는 어린 시절 죽은 동생 '진규'에 대한 고통스러운 기억에 시달리고 있다. 진규는 인규가 어렸을 적 아버지가 죽고 나서 얼마 되지 않아 동네 아이들에게 맞아 죽었다. 그는 어머니가 진규의 죽음 이후 의붓아버지와의 사이에서 곧 다른 자식을 낳았으므로, 그 기억으로 고통스러워하는 건 자신뿐이라 여겨 왔다. 울분과 죄책감을 견디려 늘 주먹을 꽉 쥔 채 이를 악물고 살아온 그는 고통을 감당할 수 없을 때마다 거리를 달리곤 한다.

그런 인규에게 늘 무심하던 어머니가 어느 날부터 그의 사무실로 안부 전화를 걸기 시작한다. 의아함을 느낀 인규는 의붓아버지와 어머니가 살고 있는 지물포에 들렀다가, 그녀가 2년째 자궁암을 앓고 있다는 사실을 알게 된다. 그러나 어머니는 끝내 수술을 거부하고, 인규의 타박에도 아랑곳없이 전화 거는 일을 계속한다. 그러던 어느 날, 비가 쏟아지던 밤에 어머니는 인규에게 전화를 걸어 진규의 이름을 부르며 울부짖는다. 다시 너(진규)를 낳고 싶으므로 수술은 할 수 없다는 것이다.

그 통화 이후 어머니는 일주일간 연락이 없고, 인규는 불안감을 느껴 다시 지물포를 찾는다. 의붓아버지는 그에게 어머니가 병원에 입원해 있으며, 다음 날 수술이 예정되어 있다고 말한다. 인규는 전화 속에서 울부짖던 어머니의 목소리를 떠올리며 울음을 삼키고, 그녀가 입원한 병원 로비를 향해 질주한다.

⑤ 〈진달래 능선〉

셋방살이 중인 '정환'은 집주인 '황 씨'와 함께 살고 있다. 심장병을 앓던 딸이 죽고, 아내가 아들을 데리고 가출한 뒤로 혼자가 된 황 씨는 밤마다 마당에 있는 나무들을 뽑아 불태우곤 한다. 정환은 황폐해진 정원 너머로 고향의 '진달래 능선'이라 부르던 뒷산의 풍경을 겹쳐 보고, 밤마다 황 씨의 울음소리를 듣는다.

아버지의 폭력을 피해 어린 시절 어머니와 여동생 정임을 두고 고향을 떠난 정환은 교회 장로인 양부의 도움으로 자랐다. 양부가 지병으로 죽은 뒤 성인이 된 정환은 고향을 찾지만, 그들 가족이 살던 집은 이미 사라지고 없다. 가까스로 찾은 유일한 친척인 숙부 부부에게서 정임의 사진을 얻은 정환은 몇 년 동안 어머니와 여동생을 찾기 위해 전국을 떠돌아다니지만 찾지 못한다.

어느 날 밤, 위통에 시달리던 정환은 술에 취한 황 씨가 마지막 한 그루의 진달래나무를 뽑아내는 광경을 본다. 뛰어들어 말리는 정환을 뿌리친 황 씨는 끝내 진달래나무에 불을 붙인다. 타오르는 나무를 보며 황 씨는 죽은 딸이 좋아하던 것을 보내 주는 일이라며 눈물을 흘린다. 그 너머로 진달래나무들이 붉은 능선을 이룬다.

⑥ 〈붉은 닻〉

'동식'은 동생 '동영'이 군을 전역하고 집으로 돌아온 뒤로 불안을 느낀다. 오랜 병을 앓다 이제야 조금씩 회복 중인 몸으로 직장을 다니고 있는 자신의 규칙적인 생활을 동영의 존재가 깨뜨릴 것 같아서이다.

동식과 어머니, 동영 세 사람은 한때 번영했으나 점점 쇠락하며 사람들이 모두 빠져나간 도시의 단칸방에서 살아왔다. 늘 술에 취해 있던 무능한 아버지 대신 어머니가 문구점을 운영하며 생계를 이어 왔지만, 이제는 그마저도 수입이 끊긴 상태다. 아버지가 실종된 후 동영은 홀연히 사라졌다 나타나기를 반복했고, 동식은 늘 지쳐 있는 어머니와 가난한 살림, 아버지의 환영(幻影)을 견딜 수 없어 방황을 거듭했다. 그 방황의 결과로 병을 얻어, 동영이 입대한 뒤 오랫동안 앓고 나서야 병세가 호전된 것이다.

그러던 어느 날, 세 사람은 어머니의 바람대로 예전처럼 소풍을 떠난다. 파도조차 없는 고요한 바닷가 모래밭에는 거대한 녹슨 닻들이 박혀 있다. 닻들 사이에 서 있던 동영은 황혼이 내리는 바다로 걸어 들어간다. 맞은편에서 걸어오던 어머니와 함께 동식은 붉게 타오르는 듯한 빛깔의 닻들이 바닷속으로 가라앉는 것을 본다. 이윽고 한 사내의 그림자가 춤추며 그 속에서 걸어 나온다.

2. 여수(麗水)와 여수(旅愁)

《여수의 사랑》은 출간되었을 당시부터 특유의 어둡고 비극적인 분위기로 주목받았다. 수록된 어섯 편의 소설들 모두 슬프고 우울한 정조를 바탕으로 하고 있기 때문이다. 주인공을 비롯한 등장인물들은 각종 통증에 시달리고, 잃어버린 무언가를 그리워하며, 자신이 살아가는 현실에 적응하지 못한다. 그리하여 이들은 끝내 어디론가 떠나고 만다. 떠남과 돌아옴을 반복할지언정, 한곳에 오랫동안 머물며 살아간다는 것은 《여수의 사랑》 속 인물들에게 거의 불가능한 일처럼 보인다. 그렇다면 이들은 왜 떠나야만 하는가? 무엇이 이들을 떠나도록 하는 것인가?

여수(麗水)는 전라남도에 위치한 해양 도시의 이름이다. 〈붉은 닻〉이 《서울신문》 신춘문예에 당선된 해 한강은 우연히 여수에 머물며 여수항의 풍경을 보았고, 그 기억을 바탕으로 이듬해 〈여수의 사랑〉을 썼다. 그리고 연이어 출간한 소설집의 첫 번째 작품이자 표제작으로 삼았다. 한 다큐멘터리 프로그램에서 건넨, 왜 하필 여수냐는 질문에 그녀는 '여수'라는 이름 때문이라고 답했다. 여수에는 '아름다운 바다'라는 뜻도 있지만 '여행자의 우수', 즉 여수(旅愁)라는 의미도 있다고. 그러니까 〈여수의 사랑〉은 그 제목부터 이미 여행하는 인물과 그의 고뇌를 다루는 작품인 셈이다. 나아가 이것이 《여수의 사랑》이라는 소설집의 표제작임을 고려한다면, 여수는 이 책 속에 등장하는 인물들이 '지금 여기'를 떠나 닿고자 하는 어떤 공간을 상징한다고도 할 수 있다.

《여수의 사랑》에서 등장인물들이 주로 사는 곳은 서울이다. 서울은 이들이 일하고 먹고 자는 생활 공간인 동시에 고독과 피로, 권태와 환멸의 공간이기도 하다. 인물들은 어떤 경우에도 서울에서의 삶을 온전히 자신의 것으로 여기지 못한다. 그리고 그 공허함과 고됨의 흔적은 정신적·신체적 고통으로 나타난다. 〈여수의 사랑〉의 정선과 〈진달래 능선〉의 정환은 정체불명의 위통을 겪고 있고, 〈질주〉의 인규는 지쳐 쓰러질 때까지 달려야만 한다. 〈야간열차〉의 동걸은 겉으로는 멀쩡해 보이지만 이명과 환청에 시달리며, 〈붉은 닻〉의 동식은 죽기 직전까지 앓았다가 이제 막 회복한 참이다. 집에 있어도 그곳을 집이라 여길 수 없는 이들의 여수(旅愁)가 소설집 전체를 지배하고 있다.

이러한 서울과 항구 도시 여수는 서로 반대되는 위치에 놓여 있다. 표제작인 〈여수의 사랑〉에서 자흔은 그곳을 돌아가야 할 고향으로 여긴다. 고향을 그토록 증오하는 정선 역시 자흔이 떠난 후 여수로 향한다는 점에서, 여수는 이들이 서울을 떠나 도달해야 할 목적지이다. 그러나 정작 여수에서의 실제 삶이나 도시의 풍경은 소설 속에 구체적으로 그려지지 않는다. 자흔의 이야기나 초점 화자인 정선의 추측을 통해 이미지로만 존재할 뿐이다. 평생 전국을 떠돌며 고독하게 살아온 자흔에게 여수는 모든 괴로움을 잊게 하는 꿈같은 곳이지만, 정선에게 여수는 '눈물'과 '통곡 소리'를 연상시키는 우울한 공간이다.

〈여수의 사랑〉은 서울에서 여수를 향해 가는 정선의 여정과 자흔에 대한 그녀의 과거 회상을 교차하는 식으로 진행된다. 자흔과 있었던 일이 하나둘씩 서술되면서 현재 시점의 정선이 여수로 가고 있는 이유가 바로 그녀 때문임을 암시하는 구조다. 물론 정선이 여수에 가서 무엇을 할 것인지는 명확하게 밝혀지지 않는다. 다만 중요한 것은 이 여행의 목적지가 여수라는 사실이다.

그런데 정선의 상상 속에서 묘사되는 여수는 자흔의 이야기처럼 아름다운 고향의 모습이 아니다. 세찬 바람과 검붉은 노을, 통곡 같은 뱃고동 소리 등 그곳의 모든 것들이 음울하고 어둡게만 여겨질 뿐이다. 심지어 소설의 마지막에 등장하는 여수의 풍경 또한, 그곳에 도착한 정선의 어깨를 아프게 후려치는 바람으로 묘사된다. 잿빛 하늘과 거센 빗발이 맞이하는 살풍경한 공간이 여수다. 도대체 왜 정선은 그곳으로 가는 것일까?

그동안 정선의 서울 생활은 매우 고된 것이었다. 그녀는 '더러움'에 대한 강박 때문에 누구와도 가까워지지 못하고, 자신을 견디지 못해 떠나는 이들에게 상처를 입었다. 그녀가 느끼는 '더러움'은 고향 여수에서의 기억과 관련이 있다. 자매를 죽이고 자살하려는 아버지로부터 동생 미선을 구해 내지 못하고 홀로 살아남은 것이다. 그로 인해 정선은 평생 죄책감을 안고 살아왔으며, 자신의 비겁함을 더러움으로 치환하여 몸을 씻거나 집을 쓸고 닦는 일에 집착해 왔다. 그리고 이 행위는 여수를 연상시키는 인물인 자흔이 나타난 후 더욱 심해진다. 그리고 자흔이 여수를 자신의 유일한 고향으로 여긴다며 그곳에 대한 사랑을 고백한 이후, 마침내 정선은 분노와 혐오를 이기지 못하고 폭발하고 만다.

마침내 자흔이 떠난 후 정선은 그토록 집착하던 걸레질을 하지 않게 된다. 대신 토악질과 구역질만은 멈추지 않는다. 이는 그녀가 느끼는 '더러움'이 닦고 씻는 행위로는 없앨 수 없는, 그보다 더 근원적인 것임을 의미한다. 그 더러움과 역겨움의 근원에 여수가 놓여 있다. 그리하여 정선은 사라진 자흔을 떠올리며 여수행 기차에 몸을 싣는다. 자신을 그토록 고통스럽게 한 통증의 근원이자 증오의 대상을 향해 스스로 걸어 들어가는 것이다.

정선을 기어코 여수로 향하게 한 자흔의 정체는 과연 무엇이었을까? 우선 그녀는 정선에게 여수를 연상시키다 못해 여수 그 자체로 다가오는 존재다. 일상의 규범이나 사회적 기준과 무관하게 살아왔으며 평생 떠돌이로 지내 온 자 특유의 피로와 외로움을 지니고 있지만, 동시에 누구보다 말갛고 순수하게 웃을 줄 아는 인물이다. 태어난 곳을 모른다면서도 여수의 땅을 밟으며 기쁨의 눈물을 흘렸다는 그녀의 설명은 모순 그 자체다. 그리고 그 모순은 자흔에 대해 정선이 느끼는 양면적인 감정과도 맞닿아 있다. 몸에 닿는 것조차 싫었던 그녀가 울고 있는 자신을 안아 주었을 때, 정선은 오래전에 죽은 어머니의 품을 느꼈던 것이다. 자흔의 가슴은 자신을 지극히 사랑하는 이처럼 따뜻하고 포근했었다.

이는 여수라는 공간이 품고 있는 사랑과 그리움, 고통과 역겨움이라는 양면적인 특성과 연결된다. 자흔의 이름자에 새겨진 기쁠 흔(欣) 자가 영원히 지워지지 않는 글자이듯이, 정선에게 여수는 지독한 고통을 안겨 준 공간이자 동시에 그녀의 삶이 시작된 곳이기도 하다. 모든 것의 시작이자 출발점으로서 여수는 정선의 살아 있는 생명과 죽음 같은 통증을 모두 품고 있다. 그것은 어느 날 정선에게 나타난 자흔이라는 존재가 암시한 삶의 본질이기도 하다.

그리하여 정선은 마침내 그곳으로 향하는 것이다. 자신을 그토록 괴롭혀 온 과거의 기억과 맞서기 위해, 또 그렇게 떨쳐 내고자 애썼던 자기 삶의 원형을 확인하기 위해.

치미는 역겨움을 참아 내며 여수로 향하는 정선의 여정에서 우리는 순수함과 더러움, 아름다움과 추함, 지극한 사랑과 지독한 고통이 뒤섞인 인간 삶의 본질을 본다. 그리고 그것은 토악질을 계속하는 정선을 향해 자흔이 묻던 말, "뭐가 그렇게 두려워요?"에 대한 한강의 응답이었을 것이다. 인간의 근원은 무엇인가, 인간 삶의 의미는 무엇에 있는가, 우리는 어디에서 그것을 확인할 수 있는가. 자흔의 얼굴로 되묻는 인간 존재에 대한 이 질문들은 이후 한강 문학의 주춧돌이 되었다. 《검은 사슴》의 '의선', 《채식주의자》의 '영혜' 등 자흔을 모티프로 한 여성 인물들이 등장한다는 사실이 이 점을 증명해 준다.

3. 소진해 버린 삶으로부터

〈야간열차〉에서는 정선의 여수행과 유사한 여정이 반복된다. 작중 중심인물은 권태롭게 살아가는 영현과 정반대의 삶을 사는 친구 동걸이다. 동걸의 열정과 치열함은 영현에게 부러움의 대상이지만, 그 역시 자신의 삶을 배반하고 떠나 버리고 싶다는 욕망과 싸우고 있다. 소설의 결말에 이르러 동걸은 끝내 야간열차를 타고 떠나는 선택을 한다. 목적지는 역시 항구 도시인 동해(東海)이며, 떠나는 이유는 그곳에 '돌려주어야 할 것'이 있기 때문이다.

〈여수의 사랑〉의 정선이 여수에서 어떤 상처를 입었는지 소설에 나타나 있는 것과 달리, 〈야간열차〉는 동걸에게 동해가 어떤 의미인지 명확하게 알려주지 않는다. 다만 영현의 눈을 통해 동걸의 괴로움이 어디서 비롯되었는지 포착할 뿐이다. 영현은 술에 취해 동걸의 집에 갔다가 그에게 말하지 않은 쌍둥이 형제가 있다는 것을 알게 된다. 오래전 그들은 함께 우유 배달을 했는데, 동걸의 몸이 아팠던 날 동생 동주가 혼자 일을 하러 나갔다가 사고를 당했다. 그 후 동걸은 완전히 다른 사람이 되어 버렸다. 매 순간 완벽히 살아가려 애쓰던 모습도, 실은 동주의 몫까지 감당하며 살아야 한다는 강박 때문이었던 것이다.

그 뒤로 영현은 동걸의 자신만만해 보이는 겉모습 아래 숨은 고독과 피로의 흔적을 본다. 그것은 자기 것이 아닌 다른 사람의 삶을 살아온 자의 히탈함과 외로움이다. 〈여수의 사랑〉의 징신이 동생을 구하지 못한 죄책감으로 결벽증에 시달렸듯이, 동걸 역시 동생의 잃어버린 삶이 자신에게 주어졌다는 죄책감을 떨쳐 내지 못하고 강박에 붙들려 있는 인물이다. 이들에게는 공통적으로 '자기'가 없다. 자신의 삶을 오롯이 자기 것으로 끌어안을 여유도, 그럴 기회도 이들에게는 주어지지 않는다. 그렇다면 여수로, 동해로 향하는 이들의 떠남은 잃어버린 그들 자신을 온전히 되돌려주는가?
그들은 잃은 것을 되찾을 수 있을까?

　지독한 죄책감에 붙들려 속죄하듯 살아온 지난날은 잃어버린
젊음이다. 그것은 이미 잘게 부수어져 아득하게 멀어졌기에 되돌
릴 수 없다. 기실 고된 삶을 버티느라 젊음을 소진해 버린 젊은이
들은《여수의 사랑》속 공통된 인물형이기도 하다. 고향에 두고 온
어머니와 여동생을 찾아다니거나(〈진달래 능선〉), 죽은 동생을 잊
지 못하고 복수심에 휘말려 살아가는(〈질주〉) 젊은이들은 모두 제
나이보다 더 늙어 있다. 모든 것에 무관심하고 인생을 냉소하며 살
아온 〈야간열차〉의 영현 역시 마찬가지다. 동걸을 배웅하던 영현
은 알 수 없는 충동을 느끼고, 이미 출발한 기차의 난간에 매달려
서울을 떠난다.

　〈어둠의 사육제〉의 영진 역시 치욕스러운 서울살이를 감내하는
동안 자신이 나이보다 늙어 버린 것을 느끼고 있다. 대학에 가기
위해 홀로 상경해 몇 년간 모아 온 적금은 영진의 꿈이었다. 함께
살던 인숙이 그 돈을 훔쳐 도망친 이후, 영진은 그녀에 대한 증오
와 빈손으로 고향에 돌아갈 수 없다는 오기를 붙들고 악착같이 살
아왔다. 이모 가족이 사는 아파트의 베란다로 쫓겨나고도 '뻔뻔하
게' 그곳을 떠나지 않은 것은 이미 그녀의 꿈과 희망이, 수치심과
치욕스러움이 모두 마비되었기 때문이다. 껍데기만 남은 기계적
인 삶은 그녀에게 밤만 되면 밀려드는 극한의 피로와 고독으로 나

타난다.

그런데 이상한 일은 그토록 원수 같았던 인숙의 얼굴조차 시간이 갈수록 희미해진다는 것이다. 심지어 병원에서 우연히 만난 인숙은 일찍이 간암에 걸려 죽음을 기다리고 있다. 영진에게서 훔친 돈도, 자신의 젊음도, 삶의 모든 것을 소진해 버린 그녀에게서 영진이 되찾을 수 있는 것은 아무것도 없다. 그렇다면 영진은 어디로 가야 하는가. 이때 명환이라는 남자가 등장한다. 그는 교통사고로 한쪽 다리와 아내를 잃고 나서 복수하기 위해 사고를 낸 젊은 남자의 가족 주변을 맴돌고 있다. 그를 못 이긴 가족이 결국 그곳을 떠나자 명환은 영진에게 자신의 아파트를 주겠다는 제안을 한다.

오로지 젊은 남자의 가족 가까이에 있기 위해 사들인 그의 아파트에는 가구 한 점 없고, 불을 켠 적도 없다. 그곳에는 명환 자신의 삶이 없다. 여기서 우리는 명환이 영진의 삶을 거울처럼 비추어 내는 인물임을 알 수 있다. 명환이 아무리 사고를 낸 남자의 가족 주변을 맴돌며 그들을 증오해도, 죽은 아내와 태어나지 못한 아이는 살아 돌아오지 않는다. 그렇게 소진해 버린 명환의 삶 역시 마찬가지다. 그는 인숙에 대한 증오와 꿈을 잃어버렸다는 분노로 지금까지 스스로를 고독과 치욕 속에 가둔 영진의 삶을, 소진된 젊음을 그대로 비추어 낸다. 따라서 명환은 영진이 두려워하는 것이 무엇인지 잘 안다고 말한다. 이대로 삶을 지속한다면 남는 것은 허탈함과 자기혐오뿐이라는 것을 그는 이미 뼈저리게 체험했기 때문이다.

하지만 명환의 제안대로 그의 집을 양도받아 살아간다면, 영진의 삶은 이전과 달라질까? 공짜로 얻은 집에서 이제까지 받은 치욕을 모르는 체하며 아무렇지 않게 살아갈 수 있을까? 그것으로 영진의 고통과 외로움은 해결되는 것일까? 아니면 인숙이나 명환처럼, 세상을 원망하며 자신을 소진한 끝에 결국 죽음과 가까워져야만 하는 것일까? 소설의 마지막 장면은 그러한 질문들에 대해 영진이 내린 답을 보여 주는 것만 같다. 영진이 선택한 것은 명환도 인숙도 아닌 자신만의 길이다. 명환의 아파트도, 이모 집의 베란다도 아닌 새로 구한 월세방으로 그녀는 떠난다. 자신의 모든 것을 잃어버렸다는 상실의 아픔, 그 고통스러운 기억의 온상인 셋방살이를 다시 시작하기 위해 길을 떠나는 것이다.

영진의 '떠남'은 〈여수의 사랑〉의 정선, 〈야간열차〉의 영현과 동걸의 선택을 이해할 하나의 실마리를 제공한다. 야간열차에 올라탄 영현과 동걸, 짐을 꾸려 셋방으로 떠나는 영진의 여정은 그토록 무의미하게 삶을 소진하며 버틴 '서울'과 '아파트'에서의 삶을 등지고 있으며, 이들의 떠남은 더는 자신을 소진하지 않겠다는 선언이기 때문이다. 〈야간열차〉에서 동걸은 무언가를 '돌려주기 위해' 야간열차를 타고 동해로 향한다. 소설은 그가 가슴에 품은 노란 봉지에 무엇이 들었는지, 동해에서 무슨 일이 있었는지를 명확히 보여 주지 않는다. 그러나 중요한 것은 그의 '떠남'을 무책임한 도피나 비겁한 외면으로만 읽어 낼 수 없다는 사실이다. 오히려 그것은 이제껏 진정한 자기 자신의 삶을 불가능하게 만들었던 내면의 강박과 맞서겠다는 선언에 가깝다.

영현 역시 삶을 지배한 권태로부터 벗어나고자 했으며, 야간열차에 대한 그의 그리움 또한 생생한 젊음, 활기 있는 삶에 대한 욕망으로 읽어 낼 수 있다. 따라서 〈어둠의 사육제〉 속 영진이 셋방으로 떠나듯, 영현과 동걸 역시 지금까지의 삶과 결별하고자 '떠남'을 선택한다. 그 목적지가 동해이든, 벽제이든, 그들의 여정은 생명이 빠져나가 뻥 뚫려 버린 삶의 구멍을 직접 들여다보려는 고통스러운 시도다. 이미 상실한 어떤 것은 영영 되찾을 수 없으며, 그 흔적을 외면하고 은폐하려 해도 상처는 완전히 복구되지 않는다는 것을 그들이 알고 있기 때문이다.

그리하여 그들은 스스로 그 구멍 속을 향해 떠난다. 그것은 상처 입기 전의 나로 되돌아가겠다는 유아적 퇴행과는 거리가 멀다. 오히려 고통과 상처의 근원으로부터 비로소 삶을 다시 시작하겠다는, 새로운 '나'를 재건하기 위한 뼈아픈 결의로 보아야 할 것이다.

4. 덫에 걸린 닻의 운명

하지만 떠날 수 없는 이들이 있다. 아니, 미처 떠나기도 전에 자신의 안에 뻥 뚫린 구멍을 바라보아야 하는 이들이 있다.

　데뷔작인 〈붉은 닻〉과 그 직후에 발표된 단편 소설 〈진달래 능선〉은 붉은빛이라는 색채 이미지를 통해 강렬하고도 비극적인 분위기를 만들어 내고 있다는 점에서 유사하다. 앞서 살펴본 인물들처럼 〈붉은 닻〉의 동식과 〈진달래 능선〉의 정환 역시 젊음을 일찍 소진해 버린 젊은이들이다. 동식은 아버지가 실종된 후 그의 환영을 떨쳐 내려 자신의 몸을 망가뜨리는 방식으로 방황을 거듭했고, 고향을 버리고 홀로 상경한 정환은 사라진 어머니와 여동생 정임을 찾아 전국을 헤매며 살아왔다. 동식을 그토록 괴롭힌 것은 아버지를 떠올릴 때마다 느껴지는 막연한 두려움이며, 정환의 경우 어머니와 정임을 찾을 수 있을 거라는 끈질긴 희망이다. 이들이 보는 붉은빛 너머에는 무엇이 있을까?

　〈붉은 닻〉에서 동식은 동생 동영이 군을 전역하고 집으로 돌아온다는 소식에 까닭 모를 두려움에 시달린다. 동영은 그가 그토록 떨쳐 내려 했던 과거의 기억을 떠올리게 하기 때문이다. 늘 술에 취해 있던, 발 없는 귀신처럼 산 사람도 죽은 사람도 아닌 것 같았던 아버지의 모습. 실종된 후에도 아버지의 환영은 밤만 되면 그를 괴롭혔고, 그 환영을 잊고자 방황을 일삼다 동식은 간경변을 얻었다. 겨우 회복된 후 그는 자신이 태어난 낙후된 동네를 떠나 버리겠다는 꿈을 꿔 왔다. 고통스러운 과거 따위는 없었던 것처럼, 평범한 아파트에 살며 가정을 꾸리고 두려움 따위 영원히 잊는 삶을 희망했던 것이다.

그런데 동영이 나타난 뒤부터 동식은 흔들리기 시작한다. 말도 없이 어디론가 사라져 버리기 일쑤인 데다, 깊은 분노를 품고 있는 동영의 눈빛이 그의 내면에 새겨진 고통과 상처를 되비추기 때문이다. 어머니의 바람대로 세 사람이 함께 소풍을 간 바닷가에서, 동식은 영영 사라져 달라는 말을 하기 위해 동영을 찾는다. 해안의 모래밭에는 붉게 녹슨 닻들 수십 개가 파묻혀 있고, 그 사이에 동영은 붉은 노을빛을 받으며 우뚝 서 있다.

버려진 닻들의 모습은 그곳에 존재했던 '무수한 운명들'을 연상시킨다. 그것은 아무리 오랜 항해를 했더라도 마지막은 결국 닻만을 남긴 채 사라져야 하는 배들의 운명이기도 하다. 동식은 붉은 닻들을 바라보며 마치 제 가슴이 찢어지는 것 같은 고통을 느낀다. 배들의 운명은 그 자신의, 나아가 인간 존재의 운명이기도 하기 때문이다. 태어나 살아간다는 것은 언젠가 죽음을 맞이하는 일이며, 죽음은 삶의 한편에 깃들어 있는 그림자 같은 존재이다. 마치 산 것도 죽은 것도 아닌 상태의 아버지가 동식의 머릿속에 깊숙이 박혀 있듯이.

소설의 마지막 장면에서 동식과 어머니는 불타는 닻들 너머로 한 사내의 그림자가 너울거리며 걸어 나오는 모습을 본다. 그것은 실종된 아버지의 환영이거나, 그를 떠올리게 하는 동영의 모습일 수도 있다. 하지만 그보다 중요한 것은 거대한 닻들이 암시하는 '운명'이 동식의 희망과는 반대쪽에 놓여 있다는 점이다. 삶의 일

부분인 죽음을, 아버지의 환영과 고통스러운 과거의 기억을 완전히 삭제해 버리는 일은 불가능하다. 오랜 방황으로 얻은 병마가 동식의 몸에 영원히 지워지지 않을 흔적을 남겨 놓은 것처럼. 배들이 모두 떠나고 난 뒤에도 녹슬 때까지 남아 있는 거대한 닻들처럼. 상처 입은 것들은 되살아나지 않으며 잃어버린 것들은 되찾을 수 없다.

동식의 이러한 불가능한 소망이 〈진달래 능선〉에서는 좀 더 구체적인 것으로, 가족을 찾아 헤매는 정환의 '지긋지긋한' 희망으로 변주된다. 오래전 아버지의 폭력을 피해 홀로 집을 뛰쳐나온 정환은 자신을 길러 준 양부가 죽은 후 '집'을 찾기 위해 고향을 방문한다. 그러나 그의 가족들은 아무도 그곳에 남아 있지 않다. 가까스로 찾은 늙은 숙모에게 여동생 정임의 사진 한 장을 받은 후, 그는 사라진 어머니와 정임을 찾는 일에 자신의 삶을 바쳐 왔다. 그러나 전국을 떠돌아다니며 갖은 방법을 동원해도 두 사람은 결국 나타나지 않는다. 수년 동안 정환이 얻은 것은 지독한 외로움, 그리고 원인 불명의 위장 질환뿐이다.

하지만 무엇보다 그를 괴롭게 하는 것은, 자신의 희망이 부질없는 것임을 정환 자신이 알고 있다는 사실이다. 처음 그들을 찾기 시작했을 때 품었던 희망은 이미 "앙상한 희망", "지긋지긋한 희망", "무기력한 희망"(〈진달래 능선〉에서)이 되어 있다. 그러나 어머니와 정임을 찾을 수 없다는 걸 알면서도 정환은 집착을 놓지 못한다. 그의 삶은 이미 그것을 제외하면 아무것도 남지 않았기 때문이다. 따라서 정환 역시 자신의 젊음을, 삶을 소진 중인 인간이라고 할 수 있다. 자신이 버린 가족들을 되찾음으로써 과거의 상처를 복구하겠다는 야심 찬 기획은 처음부터 불가능한 것이다. 그가 잃은 것들은 되돌아오지 않을 것이다. 〈붉은 닻〉에서 동식의 몸에 새겨진 방황의 흔적처럼, 해안가에 남겨진 닻들의 운명처럼.

한편 〈질주〉의 인규는 그렇게 소진된 자신을 더욱 끝까지 몰아붙이는 인물이다. 그는 가족을 떠나 독신자 아파트에서 고독하고 피로한 삶을 살아가고 있다. 《여수의 사랑》 속 다른 인물들과 마찬가지로 그를 괴롭히는 것은 오래전 유년의 기억이다. 아버지는 농약을 마시고 자살했으며, 돈밖에 모르는 의붓아버지는 인규에게 정을 주지 않았고, 어머니도 그를 따라 무심해졌으며, 동생 진규는 동네 아이들에게 맞아 죽었다. 이후 그들에게 진규는 그야말로 처음부터 '없었던 존재'로 취급된다. 홀로 분노에 떨던 인규는 진규를 그렇게 만든 아이들을 찾아가 복수를 감행한다. 마지막으로 가장 덩치가 큰 아이에게는 독약인 청산가리를 먹이고 자신도 나누어 먹은 뒤 함께 죽을 계획이었다.

그러나 그 아이가 죄책감에 스스로 창밖으로 몸을 던지는 바람에 인규의 계획은 무산되었다. 그의 사춘기를 지배했던 복수극은 그렇게 어영부영 끝이 났다. 그런데 그 뒤로도 인규는 매일 독약을 먹고 있다는 상상에 시달린다. 아무도 믿지 않고 그 누구와도 가까워지지 않는 사람이, 스스로 냉정하고 잔혹한 사람이 된 인규는 이따금 진규의 죽음이 덫 같다는 생각을 한다. 그의 삶이 통째로 진규라는 덫에 걸려 있는 것이다.

옴짝달싹할 수 없는 짐승 같은 삶을 사는 그는 그래서 자신을 죽여 줄 '사냥꾼'을 기다리고 있다. 혼자서는 덫에서 빠져나갈 수 없으므로 죽음만이 유일한 해방이자 탈출구인 것이다. 따라서 그는 자신의 죽음을 상상하며 매일 새벽 거리를 달린다. 달릴 때마다 자신의 영혼이 몸뚱이를 빠져나가는 것을, 정확히는 죽은 진규의 몸으로부터 자유로워지는 것을 느끼기 때문이다. 이는 그의 몸과 삶이 이미 자기 것이 아닌 죽은 진규의 것이었음을 말해 준다. 진규가 잃어버린 삶을 그는 대신 살고 있었던 것이다.

앞서 〈야간열차〉의 동걸이 동생 동주의 몫까지 살아야 한다는 강박에 자신의 삶을 모질게 밀어붙여 왔다면, 〈질주〉에서 동생 진규의 삶을 대신 살아가는 인규의 강박은 세상에 대한 복수심과 그로 인한 끔찍한 고통으로 나타난다. 인규에게 산다는 것은 고통 그 자체이다. 오로지 끝나기만을 바라며 견디는 삶의 흔적은 늘 악물고 있어 부실해진 치아와 꽉 쥔 주먹 탓에 손바닥에 패인 흉터로 남아 있다. 그렇다면 그는 언제까지 달려야 하는가? 죽음이 찾아오기를 기다리거나, 스스로 세상의 끝을 향해 달려야만 하는가? 잡아탈 야간열차조차 주어지지 않을 때, 덫에 걸린 이들이 향하는 곳은 어디인가?

5. 나를 떠나 나를 보기

한강 소설에서 등장인물 간의 관계는 작품 전체를 떠받치는 서사의 중심축인 경우가 많다. 특히 《여수의 사랑》에 수록된 초기작들은 이후 작품에서 나타나는 인물 관계의 원형을 보여 주고 있어 신중하게 살펴볼 필요가 있다.

소설 속에서 자신의 관점을 통해 세계를 인식하고 판단하는 인물을 '초점 화자(focalizer)'라고 한다. 한강은 이 초점 화자를 '나'와 같은 1인칭으로 호명하거나(〈여수의 사랑〉, 〈어둠의 사육제〉, 〈야간열차〉) 서사의 바깥에 위치한 서술자를 통해 3인칭으로 부른다(〈질주〉, 〈진달래 능선〉, 〈붉은 닻〉). 1인칭이든 3인칭이든 이들은 모두 자신의 주관적 시야 속에서 소설 속 세계를 바라보고, 서사를 이끌어 간다. 이때 이 초점 화자와 마치 거울을 보는 것처럼 닮은 인물들이 등장해 그의 세계에 변화를 일으킨다. 그것은 심리적 변화이기도 하고, 겉으로 드러나는 행위의 변화를 포함하기도 한다. 예컨대 〈여수의 사랑〉에서 초점 화자 정선이 자흔을 만난 뒤 그토록 증오하던 여수로 떠나는 것이나, 〈어둠의 사육제〉에서 영진이 명환의 등장 이후로 이모의 아파트를 떠나게 되는 것이 여기에 해당한다.

이처럼 두 명의 인물이 서로 짝을 이루는 구도가 등장한다는 점은 《여수의 사랑》 속 작품들의 공통된 특징이다. 〈여수의 사랑〉의 정선과 자흔, 〈어둠의 사육제〉의 영진과 명환, 〈야간열차〉의 영현과 동걸은 서로의 닮은꼴이다. 정선은 자흔에게서, 영진은 명환에게서, 영현은 동걸에게서 고통받는 자 특유의 고독과 여수(旅愁)를 발견한다. 그리고 그것은 다름 아닌 고통받는 자기의 모습이다. 소설 속 '나'들은 자신과 비슷하나 한편으로는 너무 달라 보이는 인물을 관찰하며, 그 인물이 자신에게 어떤 영향을 미치고 있음을 은연중에 자각한다. 한 인터뷰에서 한강은 이렇게 말한 바 있다.

> 10대 때부터 소설을 읽으면서, 주인공을 관찰하는 1인칭 시점의 소설에 특히 끌렸어요. 그런 소설들에서는 대체로 관찰하는 '나'는 끝까지 관찰하고, 주인공은 끝까지 주인공이잖아요. 그런 소설들을 읽을 때마다, 관찰하던 '나'가 어느 사이 소설의 중심이 되어 버리는 이야기를 혼자서 상상해 보곤 했어요. 그래서 소설을 쓰게 된 뒤로 실제로 그런 이야기를 여러 번 썼어요.*

〈진달래 능선〉의 정환은 1인칭이 아닌 3인칭으로 설정되어 있지만, 소설 속 이야기는 정환의 주관적 관점을 통해 진행된다. 그는 초점 화자이자 관찰자로서 집주인인 황 씨를 관찰한다. 황 씨는 정환에게 '혐오감'과 '동질감'을 불러일으키는 그의 짝패다. 그 역시 어머니와 여동생을 찾아 헤맨 정환처럼 아내와 아들을 찾아 전국

* 강지희 (2011), 〈고통으로 '빛의 지문(指紋)'을 찍는 작가〉, 《작가세계》 2011년 봄호

을 떠돌아다녔고, 그 사이 친척집에 맡겨 두었던 딸의 병세가 악화되어 딸을 잃고 말았다. 그 후 황 씨는 가족을 잃었다는 상실감, 딸을 죽게 했다는 죄책감에 시달리며 평생을 혼자 살았다.

위에서 언급한 관찰자들과 마찬가지로 정환 역시 황 씨로부터 자기 자신을 본다. 영원히 상실해 버린 어떤 것, 되찾을 수 없는 무언가에 붙들려 스스로를 고독하게 만들고 헛되이 소진되도록 내버려 둔 자신을. 황 씨는 정환 자신의 어리석은 집착과 잃어버린 젊음을 고스란히 되비쳐 보여 주는 인물이다. 기어코 마지막 남은 진달래나무 한 그루마저 불태우는 황 씨를 정환은 막아 보려 하지만, 결국 실패한다. 황 씨는 이렇게 태운 나무들이 죽은 딸에게 보내어진다고 믿고 있는 것이다. 울고 있는 그의 옆에서, 정환은 불타는 나무 너머로 고향의 진달래 능선을 본다.

황 씨의 꿈속에 나타나는 딸아이의 형상은 그가 죽지 않는 이상 계속해서 나타날 것이다. 마찬가지로 어머니와 정임을 찾겠다는 정환의 집착 역시 그 자신을 끝까지 소진하다 결국 죽음에 이르러서야 멈출 것이다. 하지만 진달래나무가 다 타 버린다 해도 봄은 온다. 진달래 능선이 내뿜는 붉은 봄빛처럼, 황 씨의 텅 빈 마당에도 봄은 찾아올 것이다. 나무가 모두 타 버리고 없는 정원에 봄이 온다면, "전혀 낯선 사물"(〈진달래 능선〉에서)처럼 느껴질 이곳에서 정환은 어떤 선택을 해야 할까?

〈질주〉에서 초점 화자 인규의 짝패에 해당하는 인물은 그의 어

머니이다. 평생 죽은 동생 진규의 몫을 대신해 복수심과 울분으로
살아온 인규는 진규의 죽음과 그로 인한 상실감이 혼자만의 것이
라 생각해 왔다. 진규가 죽은 후 의붓아버지는 물론이고 어머니마
저 진규의 존재를 잊은 것처럼 보였기 때문이다. 그런데 어느 날,
전화 속의 어머니가 처절하게 울며 진규의 이름을 부른다. 그뿐 아
니라 이미 죽은 진규를 '다시 낳고 싶다'며 돌아오라고 울부짖기까
지 한다. 자궁암 진단을 받고서도 수술을 받지 않겠다고 고집했던
그녀는 자신의 자궁에서 다시 진규가 태어나기를, 죽은 자식이 자
신의 뱃속으로 돌아오기를 바라고 있었던 것이다.

　진규를 다시 낳겠다는 불가능한 희망 때문에 죽어 가는 몸을 방
치하는 그녀의 모습은 인규의 현재 상태를 그대로 되비춘다. 어머
니는 진규의 삶을 대신 살기 위해 그 자신을 소진하고 유기했던 인
규의 거울상(像)인 것이다. 어머니와의 통화 이후 인규는 이전까
지 없었던 감정이 솟구치는 것을 느낀다. 평소 어머니에 대한 정이
두터웠던 것도 아닌 데다, 그는 늘 무심하고 냉정한 상태였으므로
그러한 감정의 뒤틀림은 인규에게 매우 낯선 일이다. 그런 채로 인
규는 어머니가 입원한 병원을 향해 달리기 시작한다. 수술이 얼마
나 아플지 걱정하던 어머니의 말에도 무심했던 그가 울면서 달리
고 있다. 어머니의 고통, 어머니의 환상이 어떤 것인지 이제 알기
때문이다. 자신의 운명과 어머니의 운명이 같은 것임을, 자신의 거
울상과 같은 그녀를 통해 깨달았기 때문이다.

두 사람의 고통이 연결되면서 소설이 나아가는 새로운 결말은 '울음소리'가 암시한다. 병원 앞에 도착한 인규는 어디선가 자지러지는 울음소리를 듣는다. 그것은 누군가 죽어 가는 소리 같기도, 아이가 태어나면서 울부짖는 소리 같기도 하다. 이 장면과 나란히 놓이는 것이 인규가 느끼는 '다시 태어나고 싶다'는 욕망이다. 이토록 고통스럽게, 아픔을 견디며 달려온 긴긴 밤이 끝나면 다시 태어나고 싶다고 그는 생각한다. 그리고 병원 로비를 향해 달리기 시작한다.

이는 지금까지의 고통스러운 삶이 아닌 새로운 삶, 새로운 존재로 거듭나고 싶다는 갈망이다. 모든 것을 소진해 죽음으로 향하려는 충동과는 다르다. 자신의 상처와 고통을 마치 처음부터 없었던 것처럼 모두 잊고 새로움을 꾸며 내려는 태도도 아니다. 다만 자신이 잃어버린 것, 스스로의 고통을 온전히 바라보고 끌어안음으로써 비로소 다른 누구도 아닌 '나'가 되는 과정이다. 이 '새로 태어남'의 과정으로 향하고자 인규는 어머니가 누워 있는 병동으로 달려가는 것이다. 자신의 삶을, 운명을, 고통을 그대로 들여다보고 새로운 자신으로 태어나기 위해서.

따라서 죽음과 생명을 동시에 암시하는 마지막 장면의 '울음소리'는 소설의 핵심을 드러내는 감각적 이미지라고 할 수 있다. 죽음을 내포한 생명의 본질이 거기에 담겨 있기 때문이다. 그것은 해안가에서 동식이 본 불타는 닻들의 모습(《붉은 닻》), 타오르는 진달래나무 속에서 정환이 본 붉은 능선(〈진달래 능선〉)이 내포하는 또 다른 의미이기도 하다. 소설이 끝난 후에, 이들이 향할 곳은 그러므로 죽음이 아닌 삶 쪽이다. 소진된 삶의 반대편에서 새로운 생명을 꿈꾸는 불타는 빛 쪽으로 그들은 나아갈 것이다. 황혼 뒤에는 새벽이 오고, 추운 겨울이 지나면 기어코 봄이 찾아오듯이.

여수(旅愁)의 고통과 피로에 찌든 이 여행자들, 방황을 거듭하느라 자신의 삶을 버려두었던 이 고단한 인물들은 자신과 너무 닮은, 그러나 동시에 내가 아닌 타인을 통해 삶의 진실을 발견하게 된다. 이들의 여정은 곧 나를 들여다보기 위해 나로부터 잠시 떠나는 여정이기도 하다. 그 떠남 자체가 그들의 메마른 생명을 죽음이 아닌 새로운 삶 쪽으로 이끈다. 그것이야말로 한강이 말하는 '사랑'의 동의어였을지 모른다. 이 소설집의 표제작이, 나아가 책의 제목이 '여수의 사랑'인 이유도 여기에 있을 것이다.

채식주의자

《여수의 사랑》에서 고단한 삶을 살아가는 인물들을 통해 인간의 본질적 고통을 사유했던 한강은, 1998년 장편 소설 《검은 사슴》과 2000년 소설집 《내 여자의 열매》를 연달아 출간한다. 《검은 사슴》은 강원도 탄광 마을을 배경으로, 수수께끼의 인물 '의선'을 찾으려는 '인영'과 '명윤', 그들이 만난 탄광 사진작가 '장'의 이야기를 그리고 있다. 검은 사슴은 깊은 땅속에서 바윗돌을 씹어 먹고 산다는 전설 속의 짐승이다. 바깥으로 나가 하늘을 보는 게 소원인 이 짐승은 갱도에서 광부를 마주치면 나가는 길을 묻지만, 결국 뿔과 이빨을 모두 뽑힌 채 땅 밑에서 굶어 죽고 만다. 빛을 찾아 헤맬수록 죽음에 가까워지는 이 짐승의 운명은 《검은 사슴》 속 인물들의 삶에 대한 은유이기도 하다.

삶과 죽음이 늘 함께 붙어 있다는 한강의 문학적 세계관은 《내 여자의 열매》에서도 계속된다. 등장인물들은 삶에 드리운 죽음의 이미지를 끌어안은 채 고통스러워하며, 그럼에도 어스름한 빛 쪽으로 발을 내딛으려 한다. 총 여덟 편의 중단편이 실린 이 소설집에는 1999년 한국소설문학상 대상을 안겨 준 〈아기 부처〉가 수록되어 있다. 한강은 이듬해 《내 여자의 열매》를 출간한 후 '오늘의 젊은 예술가상'을 받기도 했다.

그러나 연달아 기쁜 소식이 들려오던 그즈음, 그는 출산 이후 겪게 된 심각한 건강 문제로 사투를 벌이고 있었다. 2002년 두 번째 장편 소설 《당신의 차가운 손》을 발표한 뒤에는 컴퓨터로 타이핑을 할 수 없을 정도로 고통이 극심해져 손으로 직접 원고를 썼고, 그마저도 불가능해지자 볼펜을 거꾸로 잡고 자판을 하나하나 두드리는 방식으로 글을 썼다. 그렇게 완성된 '고통 3부작'은 2005년 이상문학상을 수상한 〈몽고반점〉을 포함하여 총 세 편의 연작 소설로 이루어졌다. 한강은 이 세 편을 묶어 '채식주의자'라는 제목을 붙이고 몇 차례 수정을 거듭하여 2007년 가을, 《채식주의자》를 출간했다.

출간 당시부터 화제를 불러일으키며 한강의 이름을 대중의 머릿속에 각인시킨 이 작품은 2016년 영국 부커상 인터내셔널 부문에 선정되었으며, 31개 이상의 언어로 번역되어 세계적으로도 주목을 받았다. 《채식주의자》는 인간의 폭력과 마주한 한 여자의 고통스러운 질문과 그것을 정면으로 돌파하려는 자매의 이야기를 담아내고 있다. 주인공 '영혜'의 채식, 그리고 '나무-되기'가 이 소설에서 어떤 의미를 갖는지 고민하며 읽어 보면 좋겠다.

1. 줄거리와 등장인물

① 줄거리

《채식주의자》 연작은 '영혜'를 둘러싼 세 명의 관찰자를 내세운다. 첫 번째 작품인 〈채식주의자〉에서 초점 화자이자 관찰자는 그녀의 남편인 '나'이다. 결혼 5년 차인 그들은 별 탈 없이 생활을 이어 오고 있다. 아내(영혜)는 평범한 여자로, 특징이 있다면 브래지어를 하기 싫어한다는 점 정도이다. 그러던 그녀가 어떤 꿈을 꿨다는 이유로 돌연 채식을 선언한다. 냉장고에 든 고기 재료나 집에 있던 가죽 제품도 모두 버려 버리고, '나'의 몸에서 고기 냄새가 난다는 이유로 관계도 거부한다. '나'는 그녀가 제정신이 아니라고 생각하지만, 별다른 관심을 두지 않고 내버려 둔다.

그러나 아내는 '나'의 직장 상사가 초대한 저녁 식사에 브래지어를 하지 않고 나가거나, 자신을 불편해하는 사람들에게도 아무렇지 않게 자신이 고기를 먹지 않는 것은 꿈 때문이라고 말하는 등 기행을 계속한다. 견디지 못한 '나'는 처가에 아내의 상태를 이야기하기로 한다. 그러나 식구들의 만류에도 아내는 완강하다. '나'는 격렬하게 저항하는 그녀를 술에 취해 강간하기도 한다. 그러나 아내는 변함없이 어떤 말도 하지 않고 듣지 않는 사람처럼 채식을 계속해 나간다.

장모의 생일에 맞추어 처형 부부의 집에 모인 식구들은 아내에게 채식을 그만둘 것을 권한다. 아내가 말을 듣지 않자 권위적인 장인이 고기를 먹으라 명령하지만, 그녀는 여전히 듣지 않는다. 급기야 장인은 처남을 시켜 아내를 붙들게 하고 강제로 탕수육을 입에 밀어 넣는다. 그러자 그녀는 비명을 지르며 과도로 자신의 손목을 긋는다. 이 모든 광경을 '나'는 공포에 질려 지켜본다.

병원에 입원한 아내에게 '나'는 혐오감을 느낀다. 깨어난 뒤로도 아내는 장모와 처형의 권유를 듣지 않는다. 어느 날 병원에서 잠든 '나'는 사라진 아내를 찾아 병원 뜰로 달려 나온다. 그리고 그곳에서 상의를 벗은 채 맨몸을 드러내고 자신의 상처 부위를 핥고 있는 그녀를 본다. 아내의 손에는 죽은 동박새 한 마리가 쥐어져 있다.

두 번째 연작 〈몽고반점〉에서의 관찰자는 영혜의 형부인 '그'이다. 비디오 아티스트인 '그'는 두 가지 욕구에 사로잡혀 있다. 하나는 보디 페인팅으로 온몸에 꽃을 그린 남녀의 결합을 담은 이미지에 대한 욕구이고, 다른 하나는 처제(영혜)를 향한 주체할 수 없는 성욕이다. '그'는 아내로부터 영혜에게 아직 몽고반점이 남아 있다는 이야기를 듣고 그녀를 욕망하게 된다. 그리고 자신이 원하는 이미지 속 주인공은 반드시 처제여야 한다고 생각한다.

'그'의 모델 제의를 영혜는 의외로 쉽게 받아들인다. 그녀는 남편과 이혼 후 자취방에서 홀로 지내고 있다. 그곳에서 옷을 벗은 채 지내는 영혜의 알몸을 본 이후 '그'는 영혜를 향한 충동으로 아내를 강간한다. 그런데 이상하게도, 첫 비디오를 찍기로 한 날 나신의 모델이 되어 몸에 꽃을 그린 영혜에게 '그'는 성욕을 느끼지 못한다.

작품을 완성한 다음 날 '그'는 영혜에게 두 번째 모델이 되어 줄 것을 부탁한다. 이번 작업은 후배 J와 그녀를 함께 촬영하는 것이다. 몸에 꽃을 그린 채 두 사람은 '그'의 요구대로 성관계를 하듯 움직인다. 그런데 거부감을 느끼는 J와 달리 영혜는 마치 그것을 원하는 것처럼 보인다. 끝내 '그'는 두 사람이 실제로 성관계를 할 것을 요구하고, J는 화를 내며 거절한다. 이후 성욕을 참지 못한 '그'가 달려들자 영혜는 거부하며, 단지 J의 몸에 그려진 꽃 때문에 흥분한 것이라 말한다.

'그'는 옛 연인이자 동료인 P에게 부탁해 자신의 몸에 꽃을 그리고 영혜의 집을 찾아간다. 그리고 그녀의 의사를 묻지도 않고 자신의 욕구를 푼 뒤, 이어진 두 사람의 성관계를 비디오로 촬영한다. 행위가 끝난 뒤 잠들었던 '그'는 그곳에 아내가 와 있는 것을 발견한다. 그에게 헌신적이었던 아내는 경악과 분노를 참으며, 구급대를 불렀다고 말한다. 잠에서 깨어난 영혜는 조용히 베란다로 다가가 맨몸을 내밀고, 햇볕을 향해 자신의 가랑이를 벌린다. 구급 대원들이 올라오는 소리를 들으며 '그'는 그런 영혜의 육체를 무력하게 바라본다.

마지막 연작 〈나무 불꽃〉에서 초점 화자이자 관찰자는 영혜의 언니인 '그녀(인혜)'이다. '그녀'는 누구에게나 호감을 주는 인상으로, 인내심 있고 성실한 성격으로 화장품 가게를 운영하며 살림을 꾸려 왔다. 예술가인 남편과 아이를 위해 헌신해 온 '그녀'는 어릴 적에도 동생 영혜를 제 자식처럼 보살폈다. 남편이 찍은 영혜와의 성관계 비디오가 발각된 뒤 남편은 잠적했고, '그녀'는 돌봐 줄 사람 없는 영혜를 정신 병원에 입원시켰다. 아이를 홀로 키우면서 한 달에 한 번씩 동생의 면회를 가던 '그녀'는 어느 날 병원에서 영혜가 사라졌다는 연락을 받는다.

사라진 영혜는 비 오는 밤 병원 근처의 산에서 발견되었고, 그날 이후 증세가 심해진다. 육식뿐만 아니라 채식을 포함한 모든 음식을 거부하기 시작한 것이다. 영혜를 설득하기 위해 찾아간 병실에서, '그녀'는 물구나무를 서고 있는 동생을 본다. 영혜는 다른 나무들처럼 물구나무선 채 사람의 음식을 먹는 대신 물을 맞겠다고 말한다. 산속 숲에서 발견되었던 그날도 영혜는 자신을 부르는 소리를 듣고 그곳으로 향했다고 했었다. 그리고 자신은 곧 동물이 아니게 될 거라고 말한다.

여전히 음식을 먹지 않는 영혜에게 병원에서는 호스를 통해 영양분을 주입하려 한다. 몸부림치는 영혜의 코에 의사와 간호사들이 강제로 호스를 밀어 넣는 광경을 '그녀'는 지켜본다. 그때 영혜의 코와 입에서 붉은 피가 솟구치고, '그녀'는 자신을 막는 사람들을 떨치고 달려가 동생의 몸을 끌어안는다. 정신을 잃은 채 구급차에 실려 호송되는 영혜의 곁을 '그녀'는 지킨다. 영혜가 의식을 차린 뒤, '그녀'는 창밖의 나무들을 조용히 쳐다본다.

② 등장인물

영혜

주인공. 말수가 적고 유순한 편으로, 겉보기에 아무 문제없는 결혼 생활을 해 왔다. 어느 날 끔찍한 얼굴이 등장하는 꿈을 꾼 이후 채식을 선언한다.

나

영혜의 남편. 아내에게 무관심하며 영혜가 단지 '평범한 여자'라는 이유로 그녀와 결혼했다. 영혜의 채식으로 달라진 생활에 불만을 가지고 있다.

그

영혜의 형부. 비디오 아티스트. 몸에 꽃을 그린 남녀의 이미지에 사로잡혀 있다. 처제인 영혜의 몸에 몽고반점이 남아 있다는 이야기를 듣고 그녀를 성적으로 욕망한다.

그녀(인혜)

영혜의 언니. 가족에 헌신적이며 생활력이 강한 성격으로, 화장품 가게를 운영하며 생계를 이어 왔다. 영혜와 남편의 정사를 목격한 이후 홀로 아이를 키우며 정신 병원에 입원한 영혜를 돌본다.

2. 나무가 되려는 여자

《채식주의자》 연작은 1997년 발표된 단편 소설 〈내 여자의 열매〉에 그 출발점을 두고 있다. 〈내 여자의 열매〉는 서술자이자 관찰자인 '나'가 식물이 되어 가는 아내의 모습을 지켜보는 내용이다. 소설 속 아내는 도시의 아파트 생활을 답답해한다. 어릴 적부터 자유롭게 사는 걸 꿈꿔 왔다는 그녀의 말을 '나'는 비현실적인 망상쯤으로 여겼으며, 결혼 후에도 별다른 관심을 두지 않았다. 그런데 아내의 몸에 이유 모를 멍이 생기고, 시간이 흘러도 사라지지 않고 오히려 더 크고 선명해진다. 어느 날 피곤한 몸을 끌고 집에 온 '나'는 초록빛이 되어 버린 아내를 발견한다. 뿌리와 이파리, 열매로 이루어진, 마침내 식물이 된 그녀의 몸을.

《채식주의자》는 이보다 더 현실적인 층위에서 자신이 나무가 되어 가고 있다고 생각하는 한 여자의 이야기를 그린다. 세 연작의 공통된 주인공 영혜는 〈채식주의자〉의 서술자이자 관찰자인 그녀의 남편에 의하면 지극히 '평범한' 여자다. 남편인 '나'는 자신의 생활을 충실히 보조하는 그녀에게 지금껏 아무런 관심도 문제의식도 느끼지 않았다. 그런데 어느 날 '얼굴'이 등장하는 꿈을 꾼 영혜는 육식을 그만두겠다고 선언하고, 이전과는 달라진 생활에 불편함을 느낀 '나'는 처가 식구들에게 도움을 요청한다. 하지만 끝내 영혜는 육식을 포함한 인간의 모든 음식 섭취를 거부하게 된다.

그런 영혜에게 무관심한 동시에 혐오감을 느끼는 남편(〈채식주의자〉)과 그녀를 자신의 성적·예술적 욕구의 대상으로 삼으려는 형부(〈몽고반점〉), 끝까지 곁에 남아 동생을 돌보려는 언니(〈나무불꽃〉)가 있다. 세 사람이 바라보는 영혜의 행동은 모두 다른 의미로 해석된다. 그러나 공통적인 것은 그녀가 이제까지의 모든 생활 방식을 거부하고 있다는 사실이다. 정확히는 평범한 인간이 하는 일, 일상을 영위하고 음식을 섭취하며 말하고 생각하는 기본적인 일들을 영혜는 더 이상 하지 않으려 한다.

영혜가 '인간'으로서 존재하기를 거부하며 식물이 되려 하는 인물이라는 점에서, 그녀가 무엇에 맞서 무엇을 거부하는지를 두고 다양한 해석과 논쟁이 있어 왔다. 그중 페미니즘 비평의 관점은 영혜의 행위를 남성 중심적인 현실 세계를 향한 거부와 저항으로 읽어 낸다는 점에서 주목된다. 소설 속에서, 영혜를 둘러싼 남성 인물들은 가부장제를 바탕으로 권위적이고 폭력적인 모습을 보여 준다. 대표적인 인물이 영혜의 아버지이자 '나'의 장인이다. 〈채식주의자〉에서 영혜는 채식을 만류하고 끝까지 고기를 권하는 가족들 앞에서 분명하게 자신의 의사를 밝힌다. 그러나 가족들은 그녀의 말을 듣지 않고, 급기야 장인은 영혜의 뺨을 때리고 처남과 '나'

에게 그녀를 결박하라고 명령한다. 처남에게 몸을 붙들린 영혜는 강제로 고기를 먹이려는 아버지에게 격렬하게 저항하며 과도로 자신의 손목을 긋는다.

이들 가족의 식사 장면은 영혜가 어릴 때부터 가부장적 분위기에서 성장해 왔음을 보여 준다. 아버지는 강압적이고 통제적이며 물리적 폭력을 서슴지 않고, 그를 닮은 남동생 영호 또한 마찬가지다. 가족 내 의사 결정에서 남성 구성원의 권위는 당연하게 중심을 차지한다. 순종적인 어머니와 그녀를 닮은 언니 인혜에게는 어디까지나 보조적이며 부차적인 역할만이 주어질 뿐이다. 결정적으로, 그녀들 또한 영혜의 의사를 중요한 것으로 받아들이지 않는다는 점에서 영혜가 겪는 폭력에 일조한다고 볼 수 있다. 이 경우 이들이 보여 주는 '모성애' 역시 상대를 고려하지 않는, 자기중심적이고 일방적인 감정이 된다. 그것은 영혜에 의해 남성 가부장 중심의 가족 제도가 여성 구성원에게 가하는 또 다른 형태의 억압으로 경험된다.

영혜의 남편인 '나' 역시 그녀를 하나의 독립적인 인격으로 취급하지 않는다는 점에서 그러한 폭력에 가담한다. 이들 부부의 관계에서 아내는 철저히 도구화된 존재이다. 아내의 역할은 남편의 사회적 위신과 체면, 체력과 정력을 위해 자신을 아낌없이 소진하며 남편을 '뒷바라지'하는 일이다. 소설 내내 '나'는 주로 방관자의 위치에서 영혜를 무심한 눈으로, 때로는 불쾌한 시선으로 바라본다.

영혜의 존재는 '나'의 욕망 및 욕구를 달성하는 일에 필요한 도구나 사물처럼 여겨지며, 영혜의 의사나 취향, 감정과 욕망 등은 철저히 무시된다. 심지어 '나'는 그녀에게 성적인 폭력을 가하는 일에도 문제의식을 느끼지 못한다. 아내는 '바깥'에서 겪은 피로와 곤욕에 대한 합리적 보상이자 자신이 원하는 때에 언제든 욕구를 해소해 주어야 마땅한 존재이기 때문이다.

가부장제하의 가족 제도는 그러한 남편과 아내의 불평등하고 일방적인 관계를 암묵적으로 승인한다. '나'는 그것을 충실히 받아들이며 그러한 제도적 규율이야말로 '평범한(당연한)' 것이라 여기는 인물이다. 따라서 그는 직장 상사와의 부부 동반 식사 자리에서 영혜가 브래지어를 하지 않고, 불편해하는 사람들의 반응에도 아랑곳없이 고기를 먹지 않자 그제야 자신이 그녀를 통제할 수 없음을 직감한다. 영혜의 변화는 '집안의 사소한' 일이 아니라 그의 '사회적 체면'까지도 위협하는 일이 되었기 때문이다. 아내가 더 이상 생활에 유용한 도구도, 충실한 보조자도 아니라는 것을 확인한 '나'는 그녀와의 거리 두기로 자신의 위치를 재조정한다. 장인이 영혜에게 물리적으로 폭력을 행사하는 장면에서도 그는 놀라워하면서도 그저 지켜볼 뿐이다. 영혜가 입원한 뒤에는 공포와 혐오를 느끼며 줄곧 그녀를 회피하려 한다.

한편 두 번째 연작 〈몽고반점〉의 초점 화자인 '그'에게 영혜는 욕구를 만족시켜 줄 대상으로 취급된다. '그'는 영혜에게 몽고반점이 남아 있다는 이야기를 듣고 강렬한 성욕을 느낀다. 그것은 비디오 아티스트인 '그'에게는 자신이 꿈꿔 온 이미지를 완성할 수 있을지도 모른다는 갈망과 연결되어 있다. 영혜의 몽고반점을 상상하자마자 '그'는 온몸에 꽃을 그린 여자와 남자가 교합하는 이미지에 사로잡혔던 것이다. 그것을 완성하기 위해서는 영혜가, 정확히는 그녀의 엉덩이에 찍혀 있는 푸른 몽고반점이 필요하다. 영혜는 '그'에게 하나의 인격을 가진 인간이라기보다 '태초의 것' 또는 '영원성'을 상징하는 존재로서 신격화된다.

남성 예술가에 의해 여성이 아름다운 것, 인간을 초월한 신(神)적인 어떤 것으로 숭배되는 현상은 우리 사회의 오래된 여성 혐오의 일면이다. 여성을 남성과 같은 능력이나 의지를 가진 현실적 존재로 보지 않고, 남성 주체에 의해서만 호명될 수 있는 존재로 대상화하는 일이기 때문이다. 〈몽고반점〉의 '그'는 영혜가 가진 몽고반점과 그것이 가진 아름다움을 경험하기 위해 그녀를 이용한다. 후배 J와 영혜의 비디오를 촬영한 후 자신도 그녀를 통해 성적인 욕구를 충족하는 것이다.

서술자인 '그'는 자신의 성욕과 충동을 예술적 아름다움에 대한 추구로 손쉽게 해석해 버린다. 그리고 원하는 것을 얻기 위해 자신의 욕구와 그것이 달성되는 순간의 만족감에만 집중한다. '그'의 요구에 무언(無言)으로 일관하던 영혜가 마침내 자신의 이야기를 하는 것은 관계 후 그녀가 줄곧 꿔 온 꿈에 대해 말하는 장면에서다. 그러나 이미 스스로 만족해 버린 '그'는 영혜의 이야기를 듣는 대신 곧 잠들어 버리고 만다. 영혜의 꿈 이야기는 다시금 그녀의 혼잣말로 귀결된다.

이렇듯 소설 속 남성 인물들의 자기중심성, 일방적이고 권위적인 모습은 그것을 제도적으로 합리화하는 남성 중심 사회의 폭력성과 무관하지 않다. 이러한 관점에서 영혜의 선택은 여성을 도구화·대상화하는 남성 중심 사회의 오랜 규범에 대한 저항으로 읽을 수 있다. 인간이 고기를 먹고 가죽 제품을 쓰기 위해 다른 동물의 생명을 유린하듯, 지금까지 그녀의 삶은 '아내'이자 '딸'로서 가공되고 포장되어 도구의 역할을 수행하는 데 바쳐져 왔기 때문이다. 마치 그녀가 내다 버린 비닐 팩 속 고기들처럼 말이다.

이 사실을 깨달은 순간 영혜는 육식을 거부할 뿐 아니라 사회가 규정하는 모든 규범대로 행동하기를 거부한다. 오랫동안 '정상성'으로 여겨져 온 것들, 아버지에게 순종하는 딸과 남편을 뒷바라지하는 아내이기를 거부하고 급기야 인간으로서 살아가기를 거부한다. 그녀가 되고자 하는 것은 인간이 아니라 왕성하게 생명의 뿌리를 뻗어 나가는 한 그루의 나무다. 나무만이 생명이 짓밟히고 덧없이 소진되는, 죽음과 폭력이 가득한 이 세계를 등지고 그 반대편을 향해 갈 수 있기 때문이다.

하지만 바로 그렇기 때문에, 영혜의 행동은 결국 죽음을 거부하기 위해 죽음과 가까워져야만 한다는 아이러니와 당면한다. 이를 통해 소설이 던지려는 궁극적 질문은 무엇이었을까? 한강 문학을 관통하는 '인간' 존재에 대한 본질적 물음 앞에서, 우리는 영혜 본인의 내적 목소리를 들어 볼 필요가 있다.

3. 육식과 인간의 폭력성

문학 작품은 한 개의 단일한 정답이 아닌 여러 가지 질문을 도출할 수 있는, 열려 있는 해석의 장(場)일 수 있다. '인간' 자체를 주요 테마로 삼아 온 한강 소설의 경우 더욱 그러하다. 《채식주의자》역시 작품을 둘러싼 다양한 논의들이 지금까지도 활발하게 제출되고 있다. 또 특유의 문체와 서술 기법, 여성의 몸과 목소리, 생태주의나 포스트휴머니즘, 정신 분석학 등 여러 측면에서 연구 대상이 되어 왔다. 이는 이 소설이 던지는 '인간의 폭력성'과 관련된 질문들이 그토록 수많은 겹의 의미로 뻗어 나갈 수 있음을 의미한다.

소설을 출간한 이후 한강 본인도 작품에 대한 독자들의 다양한 반응과 질문들을 받았다. 몇몇 독자들에게서는 항의 편지가 오기도 했다. 영혜의 행동을 도무지 이해할 수 없다며 그녀의 불분명한 심리 묘사에 화를 내는 사람들도 있었고, 영혜라는 인물이 너무 수동적인 여성으로 그려졌다는 비판을 받기도 했다. 각국의 언어로 번역 출판되면서 문화권에 따라 독자들이 주목하는 부분도 판이하게 나타났다. 식물이 되려는 자의 고군분투, 인간의 죄를 대신 짊어진 자의 종교적인 고행, 가부장제에 대한 명백한 페미니즘적 저항……. 한강은 이러한 수많은 관점과 시선, 여러 방면의 목소리들이 놀랍고도 흥미로운 것이었다고 술회한다.

앞서 확인하였듯이, 이 소설은 주인공 영혜의 시점을 채택하는 대신 남편이나 형부, 언니 등 다른 인물을 관찰자로 내세운다. 그리고 그들이 영혜를 관찰하고 인식한 결과를 독자들 앞에 풀어 놓는다. 소설 속 영혜의 목소리는 총 여섯 번 등장하는데, 〈채식주의자〉 속 남편을 향해 말을 거는 형식의 내적 발화다. 실제로 꺼내어진 대사가 아니기에 이탤릭체(기울임) 처리가 되어 있다. 여섯 번의 발화에는 영혜가 꾼 꿈의 내용, 과거의 기억들, 그리고 현재의 목소리가 뒤엉켜 있다. 이 목소리들은 서로 맞물리면서 그녀가 육식을 거부하고 이전과는 전혀 다르게 행동하기 시작한 계기를 암시적으로 설명해 준다.

첫 번째 꿈에서 영혜는 어두운 숲속을 헤매다 한 건물을 발견한다. 그 안에는 수백 개의 고깃덩어리가 피를 흘리며 매달려 있다. 그곳을 빠져나와 한참을 달린 그녀는 소풍을 나온 사람들의 평화로운 광경을 본다. 그러나 피가 고인 웅덩이에 피로 젖은 자신의 얼굴이 비친 것을 보고 그녀는 공포에 질린다. 그것은 익숙하면서도 낯선 얼굴로, 기괴하고 섬뜩한 느낌을 준다. 우리에게 친숙했던 것들이 갑자기 낯설고 이상한 것처럼 느껴질 때 그것은 두려움의 근원이 되기도 한다. 정신 분석학자 지그문트 프로이트(Sigmund Freud)는 그것을 친숙함 속의 낯섦, '언캐니(Uncanny)'로 이론화했다. 그에 따르면 우리에게는 명료한 의식 속에 억압된 원초적 무의식이 있고, 그 무의식이 문득 출현할 때 우리는 낯선 느낌과 섬뜩한 공포를 느끼게 된다.

영혜가 꿈속에서 보는 기괴한 모습의 '얼굴' 또한 과거의 기억과 연결되면서 그녀의 원초적 두려움을 불러일으킨다. 이 과거의 기억은 두 가지이다. 첫 번째 기억은 영혜가 바로 그 '얼굴'의 꿈을 꾸게 된 현실에서의 계기다. 꿈을 꾸기 전날, 얼어붙은 고깃덩이를 썰며 아침을 준비하는 그녀에게 남편은 꾸물대지 말라고 재촉하며 윽박지른다. 영혜는 늘 그렇듯이 그의 성화에 정신없이 허둥대다 칼로 자신의 손가락을 베고 만다. 그렇게 애써 차린 밥상 앞에서 남편은 그녀를 걱정하기는커녕 고기반찬에서 칼 조각이 나온 것을 보고는 죽을 뻔했다며 불같이 화를 낸다. 그러나 영혜는 오히려 더욱 침착해지는 자신을, 그녀를 둘러싼 모든 것들이 한꺼번에 멀어지는 광경을 지켜본다. 그리고 다음 날 새벽 처음으로 그 섬뜩한 얼굴이 등장하는 꿈을 꾼다.

두 번째 기억은 아홉 살 때의 것이다. 몸집이 큰 백구가 그녀의 다리를 물어뜯었고, 아버지는 사람을 문 개를 오토바이에 매단 채 그것이 피를 토하고 죽을 때까지 동네를 달렸다. 달리다 죽은 개가 맞아 죽은 개보다 육질이 부드럽다는 이야기를 들었기 때문이다.

영혜는 결국 국밥이 된 개를 한 그릇 다 먹어 치웠던 자신, 국밥 위로 겹쳐지던 죽어 가는 개의 두 눈을 기억한다. 개의 잔인한 죽음, 아랑곳없이 잔치를 벌였던 가족들과 동네 사람들, 개에 물린 상처를 낫게 하려면 먹으라는 말에 순종했던 그녀 자신의 모습이 뒤섞인다. 이 과거 회상은 영혜가 가족 모임에서 억지로 고기를 먹이려던 아버지에게 저항하다 끝내 손목을 긋는 장면 직후에 배치되면서, 그녀가 그토록 두려워하는 것, 거부하는 것이 오래된 '폭력'에서 비롯된 문제임을 짐작하게 한다.

꿈이 아닌 현실에서 영혜는 남편의 시간에 맞추어 살아가며, 그의 식성에 맞추어 때마다 고기반찬을 내놓는 아내였다. 남편인 '나'가 그들 부부의 생활이 지극히 '순조롭다'고 느꼈던 것도 아내인 영혜가 삶의 중심축을 그녀 자신이 아니라 남편에게 기울이고 있었기 때문이다. 그런 삶을 유지하기 위해 영혜는 그토록 무서워하는 칼질도 계속해야 했고, 자신의 몸과 마음에 상처를 내면서까지 남편의 생활을 보조해 왔다. 자신의 삶이 온전히 도구화되고 있다는 감각, 생명이 짓밟히고 있다는 느낌은 꿈속에서 영혜가 마주치는 섬뜩한 '얼굴'과 반복적인 죽음의 이미지들로 이어진다. 두 번째, 세 번째 숱하게 계속되는 꿈에서 그녀는 누구보다 가까이에서 죽음을 인식한다. 죽거나, 죽이거나, 죽어 가는 누군가의 죽음 자체를 온몸으로 느끼면서 자신의 존재 자체를 낯설게 여기는 것이다.

이러한 영혜의 꿈속 이미지들은 고기를 먹는 행위가 죽음을 연상시키는 갖가지 폭력과 연결되어 있음을 나타낸다. 인간의 육식은 단순히 동물을 먹는 일이 아니라 그것들을 잔인하게 죽이고 도구화하며 삶을 유지하는 형태로, 우리 삶을 지탱하는 수많은 폭력으로 이루어져 있다. 그것이 영혜 자신을 삶이 아닌 죽음 쪽으로 소진하게 하는 폭력적인 현실과도 맞물려 있음은 물론이다. 즉 영혜의 채식은 육식을 거부하는 행위, 나아가 자신을 둘러싼 모든 폭력의 대물림에 더는 가담하지 않겠다는 선언이다. 그러나 아내에게 무관심하고, 그녀의 꿈 이야기를 듣기조차 싫어하는 '나'는 영혜의 채식을 별난 기행(奇行) 또는 비이성적이고 자기중심적인 행위로 받아들인다. 영혜는 그에게 언제까지나 이해할 수 없는 '채식주의자'일 뿐인 것이다.

그런데 고기를 먹지 않는다고 해서 영혜가 느끼는 답답함이 해결되는 것은 아니다. 채식을 시작한 그녀는 그 무심한 '나'도 알아볼 수 있을 정도로 말라 간다. 꿈과 현실의 경계가 모호해질 만큼 자주 찾아오는 죽음의 이미지가 잠조차 잘 수 없게 만들었기 때문이다. 꿈이 반복될수록 그녀가 보는 '얼굴'은 자신의 내부에서 올라온 것처럼 선명해진다. 살아 있는 것을 죽이고 먹어야만 하는 맹수의 눈, 손톱과 발톱, 이빨과 혀, 나아가 시선까지도 전부 무기라는 생각에 영혜는 시달린다. 공격성이 없는, 누굴 다치게 하거나 해칠 수 없는 둥근 가슴만이 그녀의 몸에서 안전한 지대다. 그러나 그녀가 말라 갈수록 가슴은 납작해지고 마른 몸은 날카로워진다.

이제 그녀를 괴롭히는 것은 자신의 몸이 누군가를 찌를 수도 있다는 두려움과 강박이다. 〈채식주의자〉의 마지막 독백에서 영혜는 가슴속에 자신이 먹어 치운 동물들의 목숨이 달라붙어 있다고 말한다. 너무 많은 고기를 먹어서, 그들의 죽은 생명이 명치에 걸려 숨을 쉴 수 없다는 것이다. 이 끈질긴 죄책감은 채식이라는 행위만으로 해소되지 않는다. 자신의 건강을 위해 고기를, 다른 생명의 목숨을 빼앗아야 한다고 강요하는 가족들의 '사랑'도 도움이 되지 않기는 마찬가지다. 가슴에 죽음을 품은 채 영혜는 채식이 아닌 식물 되기의 세계로 나아간다. 그것만이 가슴속 덩어리를 치우고 비로소 숨 쉴 수 있는 유일한 길이기 때문이다.

4. 식물, 혹은 괴물의 몸

2005년 한강은 〈몽고반점〉으로 이상문학상을 수상한다. 수상 소감에서 그가 말한 몽고반점의 '아름다움'은 삶과 죽음이 함께 존재하는 몸의 '덧없음'에 관한 것이었다. 몽고반점의 사전적 의미는 갓난아기의 몸에 찍혀 있는 푸른 얼룩으로, 보통 5세 이하에 자연스럽게 없어지는 반점이다. 소설 속에서 '그'는 처제의 몸에 아직 몽고반점이 남아 있다는 이야기를 들은 뒤 그 이미지에 완전히 사로잡힌다. 스무 살이 넘은 영혜의 몸에 탄생의 상징인 몽고반점이 있다는 것은, 그녀의 몸 자체가 인간 존재의 뿌리이자 삶을 초월한 근원적 이미지라는 뜻으로 다가왔기 때문이다. '그'는 몽고반점이 찍혀 있는 영혜의 엉덩이를 상상할 때마다 솟구치는 욕망을 느낀다. 그리고 그 욕망은 '그'의 일상과 정신을 이전과는 전혀 다른 방향으로 이끌고 간다.

영혜가 손목을 그었던 날, 피투성이가 된 그녀를 업고 병원으로 향한 건 그녀의 남편이 아니라 형부인 '그'였다. 영혜를 입원시킨 뒤 병원을 빠져나오던 '그'는 문득 자신이 완성한 작품들을 떠올리고 혐오감을 느낀다. 본래 '그'는 사회 비판적인 작품을 만들던 사람이었다. 현실의 미디어와 정치, 부조리한 사건들을 포착해 고발하는 것이 비디오 아티스트인 '그'의 주된 작업이었다. 그러나 영혜의 몽고반점은 '그'가 그토록 집착했던 현실 세계의 이미지들을 한순간에 구역질 나는 것으로, 더는 다룰 수 없을 만큼 끔찍한 것으로 만들어 버린다. 이제 '그'에게는 현실 세계를 아득히 뛰어넘는 몽고반점의 초월적 이미지만이 예술의 정점인 것이다.

'그'의 서술에서 그러한 예술적 아름다움에 대한 욕망과 영혜의 몸에 대한 성적 욕구는 마치 분리된 듯 보인다. 그러나 결국 자신의 성욕을 드러내며 영혜의 몽고반점을 갖고 싶다고 말하는 장면은, 결국 '그'의 내부에서 두 욕망이 분리되지 않은 것이었음을 보여 준다. 그렇다면 영혜의 욕망은 무엇을 향하고 있었을까? '그'의 관점에서 서술되는 영혜의 육체는 모든 욕망이 배제된 채 부서져 내리는 것 같은, 말하자면 아무것도 없는 상태의 육체다. '그'는 영혜의 몸과 엉덩이의 몽고반점이 성적인 대상이 아닌 식물적인 것으로 느껴진다는 데 충격을 받는다. 그리고 그 식물적인 육체는 텅 빈 덧없음으로, 단순히 비어 있는 무(無)가 아니라 '힘이 있는 덧없음'으로 다가온다.

나아가 영혜의 육체는 아무 말을 하지 않아도 몸 그 자체로 많은 말을 하는 듯한 몸이다. 이는 언뜻 멍해 보이지만 수동적이거나 주눅 든 시선이 아니라 폭발할 듯한 '격렬함'을 품은 그녀의 눈과도 연결된다. 그런 눈과 몸으로, 영혜는 자신만의 세계에 놓여 있다. 그것은 자신을 둘러싼 현실을 강력하게 거부하는 자발적인 고독이다. 따라서 '그'는 혼자가 된 그녀에게 섣불리 연민이나 동정을 건네지 못한다. 그토록 강렬하던 성욕도 영혜의 육체가 지닌 힘 앞에서는 사라지고 만다. 그 힘이나 격렬함을 이해할 수도, 설명할 수도 없기에 자신이 촬영한 비디오에도 배경 음악 대신 침묵을 설정할 뿐이다. 그것을 완성한 뒤 '그'는 영혜의 몸이 자신의 아랫도리를 시퍼런 풀물로 물들이는 꿈을 꾼다.

〈몽고반점〉에서 영혜는 자신의 목소리로 내면을 서술하지 않으므로, '그'가 해석할 수 없는 영혜의 심리는 소설 전반에 걸쳐 일종의 의문으로 남겨진다. 작중 영혜가 유일하게 관심을 보이는 것은 인간의 몸에 그려진 꽃이다. 자신의 몸뿐 아니라 후배 J나 '그'의 몸에 그려진 꽃에도 그녀는 반응하고 욕망한다. 이때 주목해야 할 장면은 '그'와의 관계 이후 영혜가 자신의 꿈에 대해 이야기하는 부분이다. 자살을 시도한 지 2년이 흘렀어도 영혜는 여전히 끔찍한 얼굴들이 등장하는 꿈을 꾸고 있다. 고기를 먹지 않아도 그 얼굴들은 사라지지 않고, 그녀는 그것들이 자신의 뱃속에서부터 올라왔다는 사실을 깨닫는다. 그리고 이제 더는 무서워하지 않겠다고 말한다.

즉 영혜에게 꽃을 그린 육체들끼리의 결합은 식물과 식물의 번식 행위이다. 나아가 식물적 존재가 되기 위한 깨달음의 과정이다. 영혜가 꿈에서 본 '얼굴'들은 육식이 상징하는 일체의 폭력성을 가리킨다. 그런데 그 얼굴들이 다른 누구도 아닌 자신에게서 태어났다는 것은, 영혜 자신조차 그러한 폭력에서 자유로울 수 없다는 깨달음이기도 하다. 따라서 영혜는 식물이 낳은 식물 자체가 됨으로써 인간의 근원적 폭력과 단절하고자 한다. 〈채식주의자〉 후반부에서 가슴속에 걸린 덩어리 때문에 숨을 쉴 수 없다고 독백했던 그녀는 식물의 번식을 통해 비로소 숨 쉴 방법을 찾아낸 것이다. 그 방법은 자신이 품고 있는 죽음과 폭력, '얼굴'을 두려워하는 대신 그 얼굴에 정면으로 맞서는 일이다. 다시 말해, 죽음으로 가득한 현실을 거부하기 위해 오히려 죽음으로 다가서는 일이다. 죽음을 통과해야만 진정한 식물적 존재로 다시금 태어날 수 있기 때문이다.

'그'가 본 영혜의 육체가 가진 '덧없음'은 바로 그 점에서 비롯된다. 살아 있으면서도 죽음을 품고 있는 영혜의 몸은 '그'를 현실의 삶으로부터 죽음 근처로 끌어당긴다. 몽고반점에 사로잡힌 후부터 죽음의 이미지는 소설 내내 '그'를 지배하고 있다. 지금까지 만들어 온 예술 작품이 아닌 명백한 음란물을 촬영하고, 처제와 형부의 근친상간이라는 사회적 금기를 위반하는 모든 행위가 현실 규범 속에서의 죽음을 의미한다. '그' 역시 이러한 점을 모르지 않으면서 죽음 쪽으로 계속해서 이끌린다. '죽었으면 좋겠어', '그럼 죽어 버려'라는 말을 환청처럼 들으면서도 영혜의 몸을 성적으로 소유하겠다는 욕망을 멈추지 않는 것이다. 그것은 그녀의 몸을 삼켜 버리고, 엉덩이에 찍힌 몽고반점을 자신의 몸으로 옮겨 오고 싶다는 '그'의 독백으로 이어지게 된다.

그러나 꿈속에서 영혜의 육체가 '그'의 가랑이를 시퍼런 풀색으로 물들인 것처럼, 삼켜지는 것은 영혜가 아니라 '그' 자신이다. 소설의 마지막 장면에서 '그'는 아내이자 영혜의 언니인 인혜와 마주치게 된다. 그녀는 동생이 걱정되어 자취방에 찾아왔다가 그들의 정사를 촬영한 비디오테이프를 보았다고 말한다. 인혜가 부른 구급 대원들이 집으로 올라오는 발소리를 들으며, '그'는 베란다 난간에 기대선 영혜의 육체를 본다. 햇볕을 향해 꽃이 그려진 가랑이를 활짝 벌린 육체의 이미지를. 순간 '그'는 난간 아래로 떨어져 죽는 자신을 상상하지만, 결국 행동에 옮기지는 못한다. 그저 멍하니 자신의 삶이 모두 흘러가 버렸음을, 이미 늙어 버렸음을 느끼며 영혜를 바라보기만 한다. 이때 '그'의 시선은 강렬한 성욕도, '아름다움'을 탐하는 예술가적 시선도 아닌 모든 것이 제거되어 텅 비어 버린 무력한 눈길이다.

'그'가 해독할 수 없었던 식물적 육체의 '덧없음'은 마치 괴물처럼 그의 시선을, 욕망을, 환상을 집어삼킨다. 현실의 삶을 초월하여 식물의 세계로 나아가기 위해 영혜의 육체는 '그'의 존재를 번식에 활용하며 동시에 무력화한 것이다. 그 육체를 또 다른 현실적 폭력으로 소유하려 했던 '그'는 모든 것을 잃어버린 채로 여전히 현실에 붙들려 있다. 예술가의 삶, 가족, 현실에서 '그'를 떠받치고 있었던 모든 조건들이 사라진 후 남은 것은 죽음과도 같은 사회적 낙인뿐이다. 식물적이고도 동시에 지극히 괴물적인 영혜의 몸은 '그'의 가랑이를 끈끈한 풀물로 적시듯, 소설 너머의 우리에게 지워지지 않는 질문을 남긴다. 당신은 당신이 행하는 폭력으로부터 얼마나 자유로운가? 당신은 과연 결백하다고 할 수 있는가? 인간인 이상 대답이 불가능한 이 질문들을 끌어안은 채, 소설은 그녀의 언니에 대한 이야기로 넘어간다.

5. 꿈에서 깨어나려는 여자

《채식주의자》의 마지막 연작인 〈나무 불꽃〉은 영혜의 언니인 인혜 시점의 서술로 이루어져 있다. 인혜는 오래전부터 영혜를 자기 자식처럼 보살펴야 하는 존재로 생각해 왔다. 네 살 어린 영혜는 삼 남매 중 아버지의 폭력에 가장 쉽게 노출되었기 때문이다. 아버지는 별다른 저항이 없었던 그녀를 유독 많이 때렸고, 인혜 자신은 '성실한' 맏딸이라는 이유로 그다지 맞지 않았다. 부모조차 포기한 영혜를 정신 병원에 입원시키고 꼬박꼬박 면회를 갔던 것은 그러한 죄책감 때문이었다. 그뿐 아니라 곁에서 직접 돌보지 못하고 병원에 보냈다는 죄책감, 지금까지 영혜가 당한 폭력을 자신은 비겁하게 회피했으며 그러지 말았어야 했다는 후회가 뒤섞여 그녀를 괴롭힌다. 게다가 정신적으로 불안정했던 영혜를 자신의 남편이 성적으로 유린했다는 충격, 그가 잠적한 뒤 홀로 아이를 돌보며 생계를 꾸려야 하는 피로와 고됨이 그녀의 삶을 지배하고 있다.

지금까지 인혜는 오로지 인내와 책임감으로 자신과 주변의 모든 것들을 이끌어 왔다. 가족에게도, 사소한 일상과 생활에도 최선을 다해 살아온 그녀는 영혜가 입원한 뒤로도 그렇게 살았다. 시간이 흐르면 영혜의 상태가 점점 좋아지고, 언젠가는 지난 상처도 극복할 수 있으리라는 희망이 있었다. 그러나 어느 날 병원에서 영혜가 사라졌다는 전화가 걸려 오면서 모든 것이 급변한다. 비가 쏟아지는 숲속에서 발견된 영혜는 그날 이후 증세가 악화되어, 육류를 포함한 어떤 음식이나 영양분도 거부하게 된다. 아무것도 먹지 않으면 정말 죽게 된다고 화를 내는 그녀에게 영혜는 아이처럼 되물을 뿐이다. 죽으면 안 되는 거냐고.

그 질문을 곱씹으면서, 인혜는 자신의 삶을 되돌아본다. 하루하루 죽음과 가까워지려는 영혜의 행동은 그녀가 지금까지 잊고 있었던, 혹은 생각하지 않으려 애썼던 스스로의 모습을 비추어 낸다. 성실하고 책임감 있게, 자신에게 부여된 '역할'을 수행해야 한다고 믿었던 그녀의 삶은 일종의 강박이었다. 인혜는 그동안 자신의 삶을 산 것이 아니라 그저 참고 견뎌 왔을 뿐이라는 사실을 새삼스레 깨닫는다. '그'와의 결혼 생활에서도 그녀는 예술가인 남편의 비현실적인 면모를 충실히 보완하며 현실적 부분(살림, 생계 등)에서 최대한 헌신해 왔다. 그것이 아내이자, 딸이자, 엄마로서 그녀가 '해내야 하는' 일이라고 생각했기 때문이다.

하지만 그런 삶은 인혜 자신의 기쁨이나 환희와는 무관한 것이었다. 그녀는 인생의 모든 순간을 그저 참아 내고 버텨 왔으며, 문득 그런 삶을 파괴하고 싶어질 때도 오직 인내로 견뎌 왔다. 하기 싫다는 성관계를 일방적으로 요구하는 남편의 강압도 잠깐만 참자는 생각으로 견뎠던 것처럼. 그러나 그렇게 시간이 흐르고 나면 아침 식사 자리에서 젓가락으로 자신의 눈을 찌르거나, 끓는 물을 붓고 싶었던 충동을 그녀는 기억한다. 일상적으로 가해지는 치욕과 고통은 지워지거나 사라지지 않고 그런 모양으로 그녀 내부에 새겨져 있는 것이다. 그것은 아무리 외면하려 해도 그럴 수 없는, 몸에 뻥 뚫린 '캄캄한 구멍'처럼 끈질기다.

'구멍'의 은유는 영혜뿐만 아니라 인혜 역시 삶의 내부에 죽음을 품고 있다는 것을 상징한다. 남편이 찍은 영혜의 비디오가 발각되기 전 그녀는 한 달 동안 계속된 하혈 때문에 산부인과를 찾은 적이 있다. 큰 병일지도 모른다는 두려움에 사로잡힌 인혜는 처음으로 자신이 한 번도 '살아 본 적이 없다'고 생각한다. 자신의 것이 아닌 삶, 그저 버티고 인내하며 지냈던 꾸며 낸 연극 같은 삶은 자신의 생명이 원하는 것이 아니었기 때문이다. 간단한 시술 이후 하혈은 금세 멈췄고 상처도 아물었지만, 그녀는 그것이 사라지지 않았다고 느낀다. 마치 몸보다 커다랗게 구멍이 뚫려 있어 그 속으로 온몸이 빨려 들어가는 것 같다고 생각하면서.

중요한 것은 이러한 반성적 사유가 가능하도록 만든 이가 바로 영혜라는 사실이다. 더 이상 남편의 보조를 위한 아내도, 유순하고 말 잘 듣는 딸도, 관음의 시선에 포착되는 미적 숭배의 대상도 아니듯이, 영혜는 인혜에게 더 이상 돌봄의 대상이 아니다. 그녀가 제공하려는 모든 돌봄의 행위들을 거부하기 때문이다. '엄마 같은 언니'라는 규정된 역할은 이제 무의미하다. 그제야 인혜는 자신의 몸을 통째로 집어삼키는 죽음의 구멍을 인식하게 된다. 여태껏 자신의 삶을 그저 죽음 쪽으로 소진되도록 내버려 둔 그녀 스스로에 대한 죄책감과 고통은 영혜가 겪었을 고통과 다르지 않다. 그렇다면 그녀 역시 영혜처럼, 폭력과 죽음으로 얼룩진 현실 세계를 등지고 다른 세계로 떠나 버려야 하는 것일까?

〈나무 불꽃〉은 이 질문을 정면으로 마주함으로써 《채식주의자》

가 한강의 문학 세계에서 차지하는 위상을 단번에 이해하게 해 준다. 인혜에게는 아이인 지우가 있고, 아이는 불면에 시달리는 그녀를 이따금씩 웃게 하거나 일상을 포기하지 않게 만드는 유일한 존재다. 영혜를 실은 구급차에 함께 올라탄 그녀는 오래전 지우가 해 준 꿈 이야기를 떠올린다. 엄마가 '하얀 새'로 변신해 멀리 날아가는 꿈을 꿨다며 아이는 소리 죽여 울었다. 그냥 꿈일 뿐이라고, 아이를 다독이면서도 그녀는 스스로 의문했었다. 그게 정말 그냥 꿈일까, 하고. 왜냐하면 그날 새벽 그녀는 자기 안에 그토록 커다란 죽음의 구멍이 있다는 것을 새삼스럽게 깨달았기 때문이다. 아이를 남겨 두고 새처럼 날아가고 싶다는 충동을 그녀 역시 느꼈기 때문이다.

그러므로, 소설의 마지막 장면에서 그녀는 창밖의 초록빛 나무들을 쏘아보며 항의한다. 어디로 가야 하냐고, 또는 삶 속의 죽음과 멀어지는 방법이 정녕 이 삶을 끝내는 것, 더는 생존하지 않는 길밖에 없는 거냐고. 푸른빛으로 타오르는 불길 같았던 그 나무들은 영혜가 그토록 되고 싶어 하던 존재였다. 말을 완전히 잃기 전, 영혜는 그녀에게 세상의 나무들이 전부 형제 같다고 말한 적이 있다. 영혜는 나무가 됨으로써 그 형제의 일부가 되려는 것이었을까. 꽃이 피고 잎이 돋고 뿌리가 자라나는 몸으로 하늘을 향해 물구나무선 채, 병실에 누운 인간의 몸을 깨끗이 빠져나가 숲속으로 향하려는 것이었을까. 그러기 위해 온몸에서 피가 솟구치는 그 엄청난 고통을 뚫고 새롭게 태어나기를 바랐던 것일까.

푸른 나무들의 불꽃은 분명 죽음이 아닌 생명 쪽을 가리키고 있다. 그러나 그것은 단순히 참고 버티며 자신의 목숨을 소진할 뿐인 그런 삶이 아니라, 마치 불길처럼 강하게 타오르는 생명의 힘이다. 모든 죽음과 폭력을 집어삼키며 끝없이 펼쳐지는 나무들의 푸르른 숲으로 영혜는 향하려 한다. 그러나 인간의 몸을 지녔기에 그 몸 안에 도는 피로부터 자유로울 수 없다. 인간의 몸으로 살아오며 나 아닌 존재 ─ 우리가 살아가는 이 땅의 생명들과 지구의 모든 자연을 포함하여 ─ 에게 저지른 크고 작은 폭력에서 우리는 결코 벗어날 수 없다. 바로 우리가 인간이라는 그 사실 때문에.

결백하지 않고, 결백할 수도 없는 존재에게 나무들이 건네는 생명의 말은 그래서 '무서울 만큼' 서늘하고 무자비하다. 폭력에 물든 지금까지의 삶을 완전히 뒤집어 새로운 삶을 살아야 한다는 엄격한 명령이기 때문이다. 하지만 인간이기에 인간의 몸을 가진, 인간의 고통과 슬픔을 아는 인혜는 끈질긴 항의로 그 명령에 응답한다. 아마도 그녀는 이전의 삶으로 돌아가지 않을 것이다. 억지로 몸에 음식물을 주입하여 결국 영혜의 몸을 더 상하게 만드는, 폭력과도 같은 병원의 규율을 눈감을 수 없을 것이다. 그리고 영혜를 병원에 가둔 사람이 자신이라는 사실을 잊지 않았으므로, 영혜가 그대로 죽어 가도록 내버려 두지도 않을 것이다. 그렇다면 새로운 삶의 길은 어디에 있는 것일까?

다만, 그녀는 영혜의 귀에 속삭일 뿐이다. 어쩌면 이 모든 것이, 우리가 함께 꾸는 꿈일지도 모른다고. 꿈에서 깨어나면, 꿈속 세계가 전부가 아니라는 걸 알게 되지 않느냐고. 만약 이 고통스러운 현실이 꿈이라면, 온몸을 다해 식물이 되려는 영혜의 분투는 꿈 바깥의 세계로 나아가려는 치열한 시도일 것이다. 하지만《채식주의자》는 그것이 죽음으로 향하는 일이라는 것을 잘 알고 있다. 따라서 소설은 인혜의 입을 빌려 묻는다. 죽음이 아닌 방식으로, 이 꿈속 세계에서 눈을 떠 또 다른 세계로 갈 수 있는 방법이 있는지를. 인간이기에 마주해야 하는 폭력의 무게를 떠안은 채, 우리 모두가 이 지리멸렬한 꿈에서 깨어나는 것이 가능한지를. 그리고 현실과 꿈을 연결하는 이러한 사유는《희랍어 시간》에 이르러, 더욱 확장된 질문의 형태로 나타나게 된다.

희랍어 시간

《채식주의자》에서 한강은 인간의 폭력성을 거부하기 위해 스스로 식물이 되려 하는 여자와, 그녀의 곁에서 자신의 삶을 돌아보고 새로운 생(生)의 가능성을 되묻는 여자의 언니를 등장시켰다. 두 자매의 이야기는 2010년 발표한 장편 소설 《바람이 분다, 가라》에서 친구 사이인 '정희'와 '인주'의 이야기로 변주된다. 때로는 자매처럼, 연인처럼, 서로의 분신처럼 가까웠던 인주의 삶을 되짚어가면서, 정희는 그토록 죽음과 가까워 보였던 인주가 결국에는 끝까지 살아 내고자 했음을 알게 된다. 그 진실을 밝혀내기 위해서는 정희 자신 또한 죽음과 맹렬하게 싸워야 한다. 기어코 살아야 한다는 강렬한 메시지가 소설 전반에 걸쳐 반복되고 있다. 2010년 한강은 이 소설로 동리문학상을 받았다.

이듬해 발표된 장편 소설 《희랍어 시간》은 그렇게 도달한 삶의 세계가 어떤 것이어야 하는지를 고찰한 작품이다. 말을 잃은 여자와 시력을 잃어 가는 남자가 서로의 빈 곳을 더듬으며 나아간다.

이들이 처음 마주친 장소는 이미 사어(死語)가 된 고대 그리스어, '희랍어' 수업을 하는 강의실이다. 이들은 끝내 어디를 향해 나아가려는 것일까. 언어와 침묵, 그리고 인간에 대한 한강의 특별한 사유를 바탕으로 작품을 읽어 보도록 하자.

1. 줄거리와 등장인물

① 줄거리

한 여자와 한 남자가 있다. 여자는 지난해부터 말을 할 수 없는 상태다. 정확히는 말을 '잃어버린' 상태다. 반년 전에 어머니가 돌아가셨고, 수년 전 이혼한 남편은 세 차례 소송 끝에 하나뿐인 아들의 양육권을 가져가 버렸다. 심지어 이젠 먼 외국으로 아이를 데려간다고 한다. 연달아 닥친 상실이 실어(失語)를 불러온 것이라고 심리 치료사는 진단하지만, 그녀는 그렇게 간단한 문제가 아니라고 생각한다.

여자는 열일곱 살 때 비슷한 경험을 했다. 어릴 적부터 언어에 예민했던 그녀는 자신이 쓴 단어와 문장들이 자신을 공격하는 환상에 시달렸고, 마침내 말을 잃어버렸다. 침묵 속에서 살던 여자가 다시 말할 수 있게 된 것은 고등학교에 입학해 낯선 프랑스어를 배울 때였다. 그 기억을 떠올린 여자는 잃어버린 말을 되찾기 위해 가장 낯선 언어인 희랍어를 배우기로 한다.

남자는 여자가 수강 중인 희랍어 수업의 강사다. 그는 유전병으로 시력을 점차 잃어 가고 있다. 열다섯 살 때 가족을 따라 독일로 떠났다가 17년을 그곳에서 보냈다. 가족을 두고 혼자 한국으로 돌아온 것은, 시력을 완전히 잃을 마흔 살 이후의 삶을 모국어가 들리는 곳에서 살고 싶었기 때문이다. 말을 잃은 여자와 마찬가지로 옛 연인과의 이별, 가족과 친구의 죽음 등 상실의 기억이 그를 둘러싸고 있다. 그는 말을 하지도, 웃지도 않는 여자를 특이한 학생이라고 생각한다.

어느 날 아카데미 건물 안으로 새 한 마리가 날아 들어온다. 밝은 조명이 없으면 사물의 윤곽을 잘 구별하지 못하는 남자는 새를 바깥으로 내보내 주려다가 놀란 새와 부딪혀 계단에서 넘어지고 만다. 게다가 넘어지면서 안경을 밟아 깨뜨리는 바람에 혼자서는 어두운 층계를 빠져나올 수 없게 된다. 그때 강의실에서 남자를 기다리던 여자가 다가와 그를 부축해 병원으로 데려간다. 볼 수 없는 남자와 말할 수 없는 여자의 대화는, 그녀가 손가락으로 남자의 손바닥에 글씨를 쓰는 방식으로 이루어진다.

여자는 앞을 볼 수 없는 그를 집까지 데려다준다. 남자는 여자에게 독일에 있는 자신의 동생, 가족, 그리고 이곳에서의 생활과 점차 흐릿해지는 시야에 대한 이야기를 한다. 여자는 남자의 이야기를 들으며 새벽까지 그의 곁을 지킨다. 날이 밝자, 잠에서 깨어난 남자는 여자가 떠나고 없음을 알아차린다. 그때 그녀가 다시 그의 집으로 들어오는 소리가 들린다. 그리고 손가락으로 글씨를 쓴다. 안경점이 문을 열 시간이라고.

　그런데 여자의 몸이 비와 땀으로 흠뻑 젖어 있다. 그녀는 학교 앞에서 아이가 방학식을 마치고 나오기를 기다렸지만, 그녀를 본 아이는 만나는 날도 아닌데 왜 왔느냐며 그녀를 피했다. 아이에게 멀리 가지 않아도 된다고 말하려 했으나, 끝내 말하지 못한 것이다. 그런 그녀의 어깨를 남자가 조용히 끌어안는다. 그리고 여자의 얼굴에서 가장 부드러운 곳을 찾아 입을 맞춘다. 두 사람은 손끝의 촉감으로 서로의 존재를 느낀다.

② 등장인물

여자(그녀)

희랍어 수업의 수강생. 항상 검은 옷을 입고 다니며, 손목에 흑자 주색 벨벳 밴드를 두르고 있다. 말을 잃은 뒤로 전부터 꾸준히 해 오던 글 쓰는 일을 모두 그만뒀다. 스스로 말을 되찾기 위해 희랍 어 강좌를 신청했다. 이혼 후 전남편과의 소송에서 패배했고, 빼앗 긴 양육권을 되찾아오려 하지만 현실적으로 어려운 상태다. 전남 편은 곧 아이를 먼 외국으로 데려가겠다고 한다. 아이를 잃은 고통 으로 불면에 시달리고 있으며, 밤마다 지쳐 쓰러질 때까지 거리를 걷는다.

남자(그)

희랍어 수업 강사. 아버지에게 물려받은 유전병으로 시력을 잃어 가고 있다. 두꺼운 안경과 밝은 빛이 없으면 사물을 제대로 볼 수 없으며, 지금도 뭉개진 윤곽으로만 대상을 판별한다. 의사의 진단으로는 마흔 살 무렵에 완전한 실명(失明)이 예정되어 있다. 열다섯 살 때 가족과 함께 독일로 건너가 그곳에서 17년을 살았고, 아무것도 보이지 않는 삶을 모국어 속에서 보내고자 홀로 한국으로 돌아왔다. 독일에 있는 여동생과 안부 편지를 주고받기도 한다. 조금 특이한 수강생인 여자를 주의 깊게 지켜본다.

2. 꿈과 시간

소설은 아르헨티나의 문학가 루이스 호르헤 보르헤스의 이야기로 시작한다. 서서히 시력을 잃어 가는 병을 앓고 있던 보르헤스는 죽기 전 자신의 묘비명을 유언으로 남겼다. '우리 사이에 칼이 있었네.' 연구자들은 그가 말한 칼이 어떤 문학적 상징이라고 말하지만, 남자는 그것이 매우 사적인 고백이었을 거라고 짐작한다. 시력이 나빠 흐릿해진 시야로, 자신의 임종을 지킨 여자를 명료하게 볼 수 없었던 사람의 고백이었을 거라고. 남자의 말에 따르면 보르헤스의 '칼'은 그와 세계를 가로막는 장애물이고 '우리'는 보르헤스 자신과 아내였던 여자, 혹은 그 자신을 둘러싼 세계 전체를 일컫는 말인 셈이다.

보르헤스를 떠올린 남자 역시 시력이 점차 나빠지고 있다. 아버지로부터 물려받은 유전병은 마흔 살 전후로 그에게서 시력을 온전히 빼앗아 갈 예정이다. '보이는 것'의 완전한 상실을 앞둔 그는 시민 대상 아카데미에서 고대 희랍어를 가르친다. 청소년기부터 17년을 독일에서 지내는 동안 남자가 가장 좋아했던 과목이 바로 희랍어였다. 이제는 아무도 쓰지 않는 말이 된 그 고대의 언어는 문법이 지나치게 복잡해서 잘 아는 사람도, 다루는 사람도 별로 없지만, 모국어와 외국어 사이에서 늘 갈팡질팡해야 했던 남자에게는 가장 편안한 언어다. 그는 서른한 살에 한국으로 돌아와 이제 서른일곱이 되었고, 그사이 심각하게 악화한 눈은 이제 흐릿한 윤곽만으로 겨우 사물을 판별할 수 있다. 그런 그가 문득 독일에서 읽었던 보르헤스의 책을 다시 펼친다.

'세상은 환(幻)이고, 산다는 것은 꿈꾸는 것입니다.' 하필이면 왜 이 구절이었을까? 남자를 1인칭 화자인 '나'로 지칭해 서술하는 이 부분에서, 한강은 서서히 시력을 잃고 있는 두 사람—남자와 보르헤스—을 '칼'에 이어 '꿈'으로 다시 한데 묶는다. '세상은 환'이라고 할 때 '환(幻)'은 허깨비를 뜻하는 글자로, '환상(幻像)을 보다'라고 할 때 쓰이는 한자다. 환과 꿈은 공통적으로 현실에 실제로 존재하지 않는 것을 가리킨다. 보르헤스는 우리가 삶을 살아가는 일이 곧 꿈꾸는 일과 같다고 말한 것이다. 하지만 보르헤스의 문장은 소설 속 남자에게 의문을 남긴다. 삶이 전부 꿈이라기에는, 생명을 가졌기에 흘릴 수밖에 없는 '피'와 '눈물'이 너무 생생하기 때문이다.

다시 말해 삶이 주는 고통은 너무 끔찍해서, 보르헤스의 말과는 달리 그것을 환상으로 치부할 수 없게 만든다. 너무 아픈 통증을 겪을 때 우리는 때로 이것이 꿈이기를, 적어도 실제가 아니기를 바라곤 한다. 그렇다면 한강이 말하는 '꿈' 역시 삶의 고통으로부터 회피하거나 그것을 아예 없었던 것으로 여기기 위한 도피처일까? 앞서 살펴본 《채식주의자》의 결말을 잠시 떠올려 보자. 인간 삶의 폭력성을 거부하기 위해 다른 존재가 되기까지 자신의 몸을 밀어붙인 '영혜'에게 언니 '인혜'는 속삭였다. 꿈을 꾸고 있으면 꿈속이 전부인 줄 알지만, 깨어나면 그게 아닌 걸 알게 된다고. 폭력으로 물든 삶을 온전히 다시 시작하기 위해서는 꿈에서 깨어나야 했다.

하지만 《채식주의자》에서 영혜가 시도한 '나무-되기'는 자신을 죽음 또는 소멸로 몰아넣는 과정이었다. 생명의 힘을 지닌 새로운 삶을 살기 위해 그토록 고통스러운 과정을 거쳤지만, 결국은 죽을 수밖에 없다는 아이러니가 발생한 것이다. 그래서 한강은 《채식주의자》를 쓰고 난 후 또 다른 질문에 부딪히게 된다. 인간인 우리는 결코 식물이 될 수 없다. 그렇다면 어떻게 나아갈 것인가? 네 번째 장편 소설 《바람이 분다, 가라》는 이 질문에 답하기 위해, 친구의 죽음을 둘러싼 거짓과 폭력의 세계를 자신의 생명으로 돌파하는 주인공을 등장시킨다. 소설의 마지막 장면, 불타는 집에서 끝내 바깥으로 몸을 내밀어 숨 쉬는 '정희'의 모습은 바로 '살아 있음'을 통해 폭력을 정면으로 마주하는 모습이었다.

《바람이 분다, 가라》 이후 한강이 다시 마주한 질문은 이러했다. '우리가 정말로 이 세계에서 살아 나가야 한다면, 어떤 지점에서 그것이 가능한가?' 이 질문에 응답하기 위해 그는 《희랍어 시간》 에서 '살아 있음'을 하나의 장면에 멈춰 세우는 대신 계속해서 앞으로 이끌어 나가고자 했다. 따라서 이 소설의 '꿈'은 자기 자신을 소멸시키지(죽이지) 않고도 삶을 지배하는 고통과 폭력을 등지고 계속 나아가기 위한, 일종의 소설적 장치라고 할 수 있다. 보르헤스가 말한 '세상은 환(幻)이고, 산다는 것은 꿈꾸는 것'이라는 문장이야말로 그것을 가능하게 해 주는 출발점이 된다. 그러한 인식을 통해 소설 속 여자와 남자는 각자의 고통 속에서 비로소 죽음이 아닌 삶을 발견해 낼 수 있게 된다.

《희랍어 시간》 속 인물들에게 삶은, 그야말로 겹겹이 쌓아 올린 상실의 연속이다. 여자는 반년 전에 어머니를 잃었고, 이혼한 남편에게 아이마저 빼앗겼으며, 모든 말과 문장을 잃었다. 남자는 열렬히 사랑했던 옛 연인에게 버림받았고, 자신을 사랑해 준 유일한 친구가 죽었다는 소식을 듣는다. 게다가 더는 세상의 세부를 보지 못한다. 어떤 것도 선명하게 보이지 않는 상태에서 남자는 가장 먼저 느껴지는 것이 '시간'이라고 말한다. 남자에게 시간의 흐름이란 곧 완전한 실명을 의미하는 것과 같이, 여자에게도 시간은 아이가 먼 외국으로 떠날 날이 가까워짐을 뜻한다. 영원한 상실을 향해 두 사람의 시간은 치닫고 있는 것이다.

이 '시간'은 소설에서 마치 형태와 무게를 가진 것처럼 서술된다. 시력이 떨어진 남자는 시간이 마치 '거대한 물질'처럼 자신의 몸을 통과하는 것을 느낀다. 여자 역시 차갑고 날카로운, 눈처럼 두껍게 쌓여 있는 시간을 견디고 있다. 우리가 흔히 '시간이 흘러간다'고 말하는 것과는 반대로, 여자에게 시간이란 흐르지 않고 고여 있는 것이다. 그 안의 오래된 상처와 증오는 아물지도 터지지도 않은 채 그대로 부풀어 있다. 명료한 논리 체계로 구성된 언어를 잃은 것처럼, 그녀는 과거에서 미래로 향해 가는 시간의 변화를 깨닫지 못한다. 그것은 단지 압도적인 고통으로 한순간에 감각될 뿐이다.

다시 말해 이들이 경험하는 시간은 과거, 현재, 미래로 단칼에 나뉘어 있지 않다. '양감'을 지닌 덩어리처럼 뭉쳐 있는 시간 속에서, 기억의 파편들이 정해진 순서나 질서 없이 불쑥불쑥 나타났다가 사라져 버린다. 이러한 시간 감각은 잃어버린 대상이 '있었던' 과거와 '없는' 현재를 선명하게 구분하지 않는다. 여자의 곁에는 더 이상 아이가 없지만, 꿈속에서는 여전히 아이가 그녀의 옆에 누워 있다. 여자는 몇 번이고 꿈을 '일으켜' 아이의 눈꺼풀에 입을 맞추곤 한다. 그 행위가 꿈속에서 이루어진 것인지, 아니면 밤새 잠들지 못한 그녀가 환각을 보는 것인지 소설은 명확하게 보여 주지 않는다. 다만 과거의 기억과 현재의 삶이, 꿈과 꿈 바깥의 현실이 경계 없이 뒤섞여 있을 뿐이다.

사물의 세부가 뭉개져 모든 것이 어슴푸레하게 보이는 남자에게 그러한 뒤섞임은 익숙한 것이다. 그는 바로 그렇게 서로 겹쳐져 있는 이미지들로부터 '아름다움'을 느끼기 때문이다. 감각에 예민한 그는 플라톤의 이데아 개념을 자기 방식대로 이해한다. 고대 그리스의 철학자 플라톤은 영원불멸한 이데아, 현실 속에는 존재하지 않는 절대적 아름다움을 믿었다. 영원한 선함, 숭고함, 완전한 빛과 같은 아름다움의 진리를. 플라톤에게 그런 아름다움을 믿지 않는 사람들은 전부 꿈을 꾸고 있는 상태에 불과했으며, 플라톤 자신은 모든 꿈에서 깨어난 자라고 믿었다. 그러나 남자는 현실에 존재할 수밖에 없는 죽음이나 소멸, 이를테면 옅게 쌓였다가 금세 사라지는 진눈깨비에 대한 생각을 버리지 않는다. 오히려 어둠과 죽음, 소멸의 이데아가 가리키는 감각적 아름다움에 깊이 매혹된다.

그러니 남자가 믿는 아름다움이란 어둠과 빛, 죽음과 삶, 소멸과 생성의 뒤섞임 또는 겹쳐짐에서 발견되는 순간의 미학이다. 그것은 플라톤의 말대로 영원히 변하지 않는 진리도, 절대적인 것도 아니다. 흩날리는 진눈깨비처럼 사라졌다가 나타나기를 영원히 반복하는 것, 말하자면 꿈꾸는 일이다. 보르헤스의 표현을 빌리면

환(丸)과 구분할 수 없는 세상을 그저 '산다는 것'. 즉 이 소설이 말하는 삶은 가혹한 고통으로 가득 차 있는 동시에 아름다움을 품고 있다. 이 아름다움은 완전한 빛과 어둠을 구분하지 않는다. 오히려 그 경계를 허물며 어둠 속에서 어슴푸레하게 모습을 드러내는 빛, 선명한 형광등이 아닌 흐릿한 백열등, 밤의 끝과 아침의 시작이 맞붙어 있는 어스름한 새벽빛을 가리킨다.

산다는 것은 꿈꾸는 것이고, 끝없는 고통이면서도 아름다운 것이라면, 꿈속과 꿈 바깥의 현실은 어떻게 맞물리는 것일까? 남자는 종종 '꿈속의 꿈'을 꾼다. 누군가 점자로 쓰인 편지를 건네지만, 그는 점자를 배우지 않았으므로 그것을 읽을 수 없다. 그리고 꿈에서 깨어났을 때는 아직 꿈속이다. 마치 시력이 완전했던 유년 시절처럼 밝고 선명한 시야로 세계가 보인다. 플라톤이 말한 '모든 꿈에서 깨어난' 이데아의 세계다. 하지만 남자는 그것이 불가능하다는 사실을 알고 있다. 그 선명한 빛과 형체들은 모든 꿈에서 깨어난 세계가 아니라 꿈속의 꿈에 불과하기 때문이다.

그 꿈에서 깨어나더라도, 꿈의 바깥은 다시 꿈이다. 그러나 이번에는 한 번 더 깨어나 빠져나갈 꿈 밖의 세계가 없다. 산다는 것은 그 자체로 꿈을 꾸는 것이기에. 따라서 선명한 빛을 찾아 꿈에서 깨어나려고 발버둥을 치는 대신, 그는 흐릿한 시야를 오래도록 바라본다. 그 뭉개진 세계에 그가 그토록 느끼고 싶어 하던 아름다움이 있다. 그것은 말을 잃어버린 여자의 침묵이 가리키는 곳이다.

3. 언어와 침묵

상복처럼 검은 옷만 입고 다니는 여자. 전남편에 의해 일방적으로 아이와 헤어져야 했던 그녀는 일상을 지배한 상실의 고통 속에서 살아가고 있다. 언젠가부터 여자는 말을 잃었다. 과거에 있었던 일 때문에 그런 증세가 나타나는 거라는 심리 치료사의 진단에 그녀는 '그렇게 간단하지 않다'고 생각한다. 어릴 때부터 말〔言〕에 매우 예민한 사람이었던 여자는 열일곱 살 때도 같은 증상을 겪었다. 그녀는 자신이 말하거나 쓰는 언어가 무기처럼 자신을 공격하는 상상에 시달리곤 했다. 언어는 세계의 완전함과 불완전함, 진실과 거짓, 아름다운 것과 추한 것 등을 너무나 선명하고 명백하게 구별하여 보여 주었던 것이다. 여자가 두려워한 것은 바로 그러한 언어의 선명성이었다. 백열등이 아닌 또렷한 형광등, 어둠 따윈 없이 밝기만 한 빛 같은 그것.

우리는 우리가 생각하고 느낀 바를 상대에게 명확하게 전달하기 위해 글자와 단어, 문장을 사용한다. 하지만 사실 생각이나 느낌이 완벽하게 언어로 표현되지는 않는다. 내가 떠올린 이미지나 느낌을 말로 설명한다고 해서 그것을 상대가 완전히 똑같이 떠올리지는 않는다는 점을 생각해 보자. 언어는 추상적인 대상을 일정한 논리와 문법에 따라 기호로 구체화하는 과정을 동반한다. 그 과정에서 규칙에 부합하지 않는 나머지 부분들은 언제나 버려지거나 배제된다. 우리는 효율적인 의사소통을 위해 그러한 폭력을 암묵적으로 승인할 뿐이다. 그러므로 아무리 선명한 언어라도 필연적으로 설명할 수 없는 가려진 부분을 품고 있기 마련이다.

여자는 그러한 부분을 외면하는, 드러내지 않으려는 언어의 논리에 수치를 느낀다. 이는 남자의 시점에서 서술되는 이야기 속 플라톤의 이데아 개념과도 연결된다. 플라톤이 말한 대로 밝고 완전하기만 한 빛, 영원불멸한 진리는 현실 세계에 존재하지 않는다. 인간의 삶에는 언제나 죽음과 고통, 소멸과 어둠이 깃들어 있기 때문이다. 우리의 삶 속에서 밝은 면과 어두운 면은 명료하게 구분되지 않고 혼재해 있다. 만약 누군가 삶이 어둠뿐이거나 혹은 밝은 빛뿐이라고 말한다면, 그 말은 거짓이 될 것이다. 언어를 잃고 침묵에 휩싸인 여자는 바로 그 거짓을 거부하고 진실 쪽으로 다가가려는 인물이라고 할 수 있다. 그렇다면 이 소설에서 말 없음, '침묵'이 의미하는 바는 무엇일까?

남자가 시간을 직접 만질 수 있는 '물질'로 인식하듯이, 여자에게 말과 침묵은 모두 실제 몸으로 느껴지는 감각적 대상이다. 얼음이나 칼처럼 차갑고 날카로운 언어들이 그녀를 찔러 댄다면, 열일곱 살 때 처음 경험한 침묵은 시간을 통째로 빨아들이는 솜 같은 것이었다. 어렸던 여자는 그 침묵 속에서 말들의 공격으로부터 안전할 수 있었다. 그러나 수년이 흘러 다시 찾아온 침묵은 그녀가 겪은 현실 세계의 상실과 닮아 있다. 텅 빈 어둠, 죽음과 같은 무

(無)의 침묵 속에서 그녀의 육체는 완전히 닫혀 버린다. 피도 눈물도 흐르지 않고, 모든 감정과 기억들이 파편처럼 떨어져 나가 아무 것도 남지 않은 상태다. 자신을 둘러싼 언어들을 분명히 느끼면서도, 목구멍 속에서 어떤 것도 솟아나거나 발음되지 않는다. 마찬가지로 그녀의 시간도 흐르지 않고 고여 있다. 증오와 상처도 터지지 않는 물집 속에 잔뜩 부푼 채로 멈춰 있다.

'눈[雪]'의 이미지는 그러한 여자의 상태를 효과적으로 표현한다. 말을 잃기 전에, 아직 곁에 있었던 아이와 함께 그녀는 인디언식 이름 짓기 놀이를 한다. 자기 이름을 '반짝이는 숲'이라고 지은 아이는 그녀에게 '펄펄 내리는 눈의 슬픔'이라는 이름을 붙인다. 이후에도 한강 소설에서 중요한 이미지로 등장하는 '눈'은 여자의 침묵, 상실의 고통을 가리키는 은유다. 굳은 몸 위로 펄펄 내리는 눈이 쌓여 모든 것을 덮어 버리는 상상 속에서 그녀는 꿈과 현실을 드나든다. 차갑고 단단한 눈 더미가 내부와 외부를 차단해 버리는 것처럼, 침묵으로 둘러싸인 여자의 몸 역시 언어와 감정을 포함한 그 무엇도 스며들거나 새어 나오지 않는다.

그런 여자의 침묵으로부터 남자는 오래전 죽은 병아리의 몸에서 느껴지던 정적을 떠올린다. 아무것도 없을 뿐만 아니라 어떤 침입도 허용하지 않는 여자의 침묵은 '지독하거나 두려운' 것으로, 그야말로 죽음을 연상시키는 것이다. 이는 남자가 과거 사랑했던 연인과의 에피소드와도 연결된다. '목소리'라는 제목이 붙어 있는 소설의 5장은 남자의 시점에서 옛 연인에게 보내는 편지글이다. 마흔 살 이후에는 시력을 완전히 상실할 거라고 진단했던 의사의 딸을 그는 사랑했던 것으로 보인다. 그녀는 갓난아기 때 병으로 청력을 잃었으며, 종이에 글씨를 쓰는 필담으로 대화하는 사람이다. 병원 뒤쪽 목재 창고에서 가구를 만드는 일을 하는 그녀에게는 독특한 습관이 있었는데, 바로 필름 조각을 눈에 댄 채 해를 올려다보는 것이었다.

햇빛은 너무 강해서 맨눈으로는 올려다볼 수 없지만, 검은색의 반투명 카메라 필름은 빛을 어느 정도 막아 주는 효과가 있다. 즉 태양의 강렬한 빛을 마주하기 위해서는 필름의 어두운 막이 필요한 것이다. 밝은 면에는 반드시 어둠이 있으며 명료한 언어의 논리에는 내보이지 않은 침묵이 숨어 있다는 소설의 주제가 여기에서도 드러난다. 남자는 그녀에게 뭐가 보이냐고 묻고, 그녀는 당신 눈으로 직접 보라고 대답한다. 시력을 완전히 잃기 직전에 그렇게 태양을 올려다보라고. 그러나 남자가 그렇게 하기 전에 둘은 영영 헤어지게 된다. 어느 날 남자가 그녀에게 뭐든 좋으니 '말을 해 달라'고 요청했기 때문이다. 그녀는 크게 분노하며, 며칠 후 사과하러 찾아간 그에게 나무토막을 휘둘러 기절시키고 만다.

들을 수 없으므로 말을 하지 않는 그녀에게 남자가 말을 해 달라고 했던 것은, 자신의 미래가 두려웠기 때문이었다. 앞을 완전히 못 보게 된다면 필담이나 수어도 소용이 없을 것이고, 그녀와의 사이에 완전한 침묵만이 남게 될 것을 남자는 두려워했다. 침묵은 아무것도 없는 것, 텅 빈 것, 그야말로 영원한 상실 또는 죽음에 가까운 것이라고 여겼기 때문이다. 그러나 남자는 곧 자신의 판단이 어리석었음을 깨닫게 된다. 필름 조각을 눈에 대고 햇빛을 마주하려던 그녀에게 침묵은 죽음을 의미하지 않았다. 침묵은 오히려 그녀의 삶을 이룩한 어둠, 극복해야 할 것이 아니라 그대로 끌어안아야 할 삶 속의 고통을 의미했다. 카메라 필름이 그 어둠을 통해 비로소 태양의 빛을 볼 수 있게 하는 것처럼.

그녀가 거부한 것은 자신의 삶과 침묵의 관계를 이해하지 못한 남자의 어리석은 사랑이었다. 자신의 침묵을 죽음으로 규정해 버린 그의 일방적인 요구에 그녀는 분노했고, 영영 그를 떠났다. 그렇게 남자의 '사랑'은 관계의 파괴라는 역설적인 결과를 낳게 된다. 침묵에 대한 오해와 두려움이 사랑하는 존재의 상실을 불러온 것이다.

그런데 한국에 돌아와 희랍어 강사가 된 그가 마주친 여자의 침묵이 다시 한번 그를 두렵게 한다. 어느 날 수업에서 그는 여자가 자신의 공책에 희랍어로 시를 썼다는 사실을 알고는 보여 줄 수 있겠느냐고 묻는다. 그러자 여자는 빤히 그를 올려다보더니 대답 없이 강의실을 나가 버린다. 급히 여자를 따라 나간 남자는 목소리와 수어로 동시에 듣지 못하는 줄 몰랐다고, 미안하다고 사과한다. 그럼에도 여전히 대답 없이 자신을 올려다보는 여자의 침묵에서 그는 두려움과 절망을 느낀다. 그것은 어떻게 해도 그녀와 연결될 수 없으리라는 것을 알아차린 자의 절망이다.

스스로 언어와 논리의 세계를 거부하고 온몸을 닫아 버린 그녀에게는 여전히 짙은 눈이 펄펄 내리고 있다. 두꺼운 눈 더미처럼 그녀를 둘러싼 침묵은, 가장 복잡한 문법 체계를 갖춘 채 그대로 죽어 버린 언어인 희랍어를 닮았다. 고대 희랍어는 그 정교한 규칙 덕분에 한 단어만으로도 긴 문장에 담긴 의미를 모두 압축해 표현할 수 있다. 마치 폭약처럼 모든 의미를 한데 품고 있지만, 역설적이게도 그 모든 의미가 무의미해진 지금은 단지 죽음으로 둘러싸여 있는 것이다.

하지만 그렇기 때문에 여자는 희랍어를 배운다. 터지지 않는 폭약 속에 모든 감정과 상처와 피와 눈물을 품은 채, 자신을 둘러싼 죽음을 바라보기 위해서. 그것이 마침내 죽음마저 끌어안으며 눈 더미를 뚫고 빛 쪽으로 나아가는 것은, 어둠 속에 넘어진 남자를 그녀가 발견한 이후부터이다. 그때부터 침묵은 이제까지와는 전혀 다른 의미로 두 사람의 관계를 둘러싸게 된다.

4. 당신의 슬픔에 접촉하기

독일에 있을 때 그가 사랑했던 여자, 아름다운 눈과 거친 손으로 나무를 다루었던 그 여자는 신의 존재를 믿는 사람이었다. 남자는 그녀에게 선하며 동시에 전능한 존재는 있을 수 없다는 것을 논증을 통해 보여 준 적이 있다. 만약 선함과 전능함을 모두 갖춘 신이 정말로 존재한다면, 현실 세계에 그토록 끔찍한 악과 고통, 무고한 사람들의 희생은 없었을 것이다. 하지만 세계는 여전히 고통으로 가득 차 있다. 그러므로 선하고 전능한 신은 존재하지 않는다. '논리'로 설명한 남자의 결론에 그녀는 화를 내며 말한다. 그렇다면 나의 신은 선하고 '슬퍼하는' 신이라고.

전능함이 아니라 '슬픔'을 신적인 것으로 여긴다면, 신이란 인간이 겪는 삶의 모든 고통을 슬퍼하는 선한 존재일 것이다. 무고한 자들의 희생과 참혹한 비극을, 나아가 살아 있는 몸을 가졌기에 인간의 생명 자체에 깃든 죽음의 흔적을. 《희랍어 시간》이 인물들의 고통을 다루는 방식은 이렇듯 '슬픔'의 시선으로 인간의 삶에 다가가는 것이다. 그것은 무고한 죽음과 폭력에 희생된 이들의 아픔을 단순히 극복 또는 외면의 대상으로 보는 것이 아니라, 함께 어루만지고 서로 이어지면서 삶을 위로하는 윤리적 태도다.

독일에서 살던 시절에 남자는 그러한 슬픔을 사랑했던 여자에게서, 그리고 자신을 사랑한 친구 요아힘에게서 느꼈던 적이 있다. 장장 20년을 병실에서 보낸 요아힘은 언제 재발할지 모르는 불치병을 앓고 있었다. 열네 살에 이미 시한부 선고를 받았으므로, 누구보다 죽음과 가까이에서 살아온 셈이다. 그런 요아힘이 사랑하는 것은 죽음의 반대편에서 강렬히 타오르는 생명의 힘이었다. 진눈깨비처럼 잠시 나타났다 사라져 버리는 덧없음이 아닌, 뜨겁고 생생한 영원성에서 그는 '아름다움'을 찾았다. 따라서 그는 종종 남자에게 태연하게 말하곤 했다. 완전한 실명이 찾아올 그때를 대비해 미리 점자 읽는 법이나 지팡이에 의지해 걷는 법을 배워 두라고. 그래야 빛이 사라진 세계에서도 홀로 살아 나갈 수 있을 테니 말이다.

요아힘에게 삶이란, 죽음을 등지고서 영원히 타오르는 빛 쪽으로 가까이 다가가는 일이었다. 온몸을 다해, 있는 힘껏 자신의 생명을 죽음의 반대편으로 밀어붙이는 것이었다. 그것은 추상적 관념이 아닌 구체적이고 실제적인 삶으로, 남자가 믿는 죽음과 소멸의 이데아—진눈깨비의 이데아—와는 반대되는 개념이었다. 독일에서 한국으로 온 지 수년 후, 남자는 요아힘이 죽었다는 소식을 전해 듣게 된다. 소식을 들은 뒤 남자가 떠올리는 요아힘과의 기억은 '몸'에 대한 것이다. 그가 떨리는 몸으로 자신을 처음으로 끌어안았던 날의 기억, 그렇게 자신을 연인처럼 욕망한다는 것을 알아차렸던 기억, 눈물이 고인 눈과 쓸쓸하고 따스했던 품의 기억. 그리고 그 모든 기억이 마치 형체를 가진 물질처럼 부스러지며 떨어져 나가는 것을 느낀다.

신체적 감각으로 기억되는 요아힘의 존재는 남자에게 인간의 몸이 '슬픈 것'이라는 깨달음을 준다. 자신을 끌어안은 요아힘의 몸이 그토록 연약하고 상처 입기 쉬우며, 언제든 부서질 수 있다는 것을 알아 버렸기 때문이다. 생명을 지닌 몸은 인간이 살아 있다는 증거이기도 하지만, 바로 그 몸 때문에 인간은 언제든 상처를 입거나 죽을 수 있다. 남자가 느낀 슬픔은 그 지점에서 발생한다. 영원불멸의 아름다움, 태양의 강렬한 빛을 좇으면서도 한편으로는 너무나도 쉽게 파괴될 수 있다는 점에서 인간의 몸은 한없이 연약하다. 그리고 그렇게 약하기 때문에 반드시 누군가를 껴안고자 하며, 껴안아야만 하는 것이 또한 인간의 몸이다.

자신을 껴안은 요아힘의 몸에서 슬픔을 느꼈을 때, 남자는 요아힘을 마주 안아 주지 못했다. 자신을 향한 요아힘의 욕망에 같은 방식으로 응답할 수 없었기 때문이다. 언젠가 그가 점자로 만든 책을 내고 싶다고 했을 때도 마찬가지였다. 점자를 더듬어 책을 읽는 행위를 통해 누군가와 '접촉'하고 싶다고 말하며 요아힘은 진지한 눈길로 남자를 쳐다보았지만, 남자는 거기에 담긴 욕망을 외면했었다. 어긋난 접촉의 기억은 요아힘의 죽음 이후 남자의 몸에서 무언가 떨어져 나가는 듯한 고통을 불러온다. 몸을 가졌기에 끊임없이 다른 누군가와 접촉해야 하지만, 때로는 그럴 수 없어 더욱 고통스러운 인간의 존재는 그야말로 '슬픈 것'이다.

이렇듯 소설은 '슬퍼하는' 신의 시선에서 몸을 가진 인간의 필연적 고통과 취약성을 바라본다. 이 점이 가장 잘 드러나 있는 부분은 남자와 여자가 비로소 서로의 존재를 가까이에서 인식하는 소설의 후반부이다. 아카데미 건물 안으로 날아 들어온 새를 내보내기 위해 남자는 지하로 내려가는 계단에 들어선다. 그런데 놀란 새가 거세게 날갯짓을 하고, 남자는 넘어지며 떨어뜨린 안경을 밟아 깨뜨리고 만다. 어둠 속에서 길을 잃은 그는 간절하게 도움을 요청하지만, 아무도 나타나지 않는다. 그때 소리를 듣지 못하는 줄 알았던 여자가 다가와 그를 부축한다. 여자는 깨진 안경알에 상처가 난 남자의 손을 보고는 그와 함께 병원으로 향한다.

병원에서 치료를 마치고 그를 집까지 데려다준 여자는 그가 말한 대로 식탁 위의 백열전구를 켠다. 너무 밝은 형광등 불빛은 오히려 남자의 시야를 방해하기 때문이다. 안경이 없어 뿌옇게 뭉개진 집 안의 풍경을 바라보며, 남자는 말을 이어 나간다. 이따금씩 그가 불안해할 때마다 여자는 몸을 움직여 작게 소리를 낸다. 자신이 아직 이곳에 있다는 기척을 내는 것이다. 여자에게는 임종 직전의 어머니에게 대답이 돌아오지 않는 말들을 끊임없이 속삭였던 기억이 있다. 속삭임을 멈추고 침묵하자마자 어머니의 몸에서 생명이 완전히 빠져나갔던 것을, 그 순간의 고통을 기억한다. 그러므로 대답 없는 자신의 침묵에 대한 남자의 불안과 두려움을 그녀는 잘 알고 있다.

하지만 이야기가 진행되면서 서서히 두 사람 사이의 침묵은 새로운 의미로 나아간다. 어둠 속에 둘러싸인 채, 희미한 백열등 불빛 너머로 남자의 이야기를 듣던 여자는 그의 목소리가 이전에 들던 것과는 다르다고 느낀다. 어둠과 정적 속에서 떨리는 남자의 음성은 매우 연약하게 들린다. 자신의 아픔을 털어놓는 그의 얼굴에서는 '새 같은 무언가'가 살아 움직이는 것 같기도 하다. 그것이 주는 따스하면서도 고통스러운 생명의 느낌은 남자가 요아힘에게서 느꼈던 인간의 몸, 연하고 부서지기 쉬워 그토록 '슬픈 것'과 닮아 있다.

어둠 속에서 백열등은 희미하게 빛나고, 소리 없는 침묵은 그의 말소리를 떨리게 한다. 그 순간 침묵은 더 이상 죽음과 차단을 의미하는 벽이 아니라 두 사람의 몸을 아주 옅은 감각과 감각으로 연결하는 통로가 된다. 그 침묵을 통해 두 사람은 서로의 '슬픔'을 교환한다. 이들의 대화가 또렷한 언어가 아닌 작은 기척과 움직임, 촉감의 교환으로 이루어지고 있다는 사실을 떠올려 보자. 집으로 돌아가지 않아도 괜찮겠냐는 남자의 물음에 여자는 손가락 끝으로 대답을 돌려준다. 새벽까지 당신의 곁에 머무르겠다고. 그녀가 그의 손바닥에 글씨를 쓸 때, 느리고 조심스러운 글자의 획들이 살갗에 닿았다가 금세 사라진다. 소리 없이 내리고는 언제 그랬냐는 듯 녹아 버리는 진눈깨비처럼. 이들의 접촉은 뜨겁지도, 영원하지도 않다. 다만 서로의 고통을 가까이에서 느끼는 흐릿하고 따뜻한 슬픔만이 있을 뿐이다.

소설은 이 슬픔이야말로 우리 삶의 진실에 가장 가까운 것임을 보여 준다. 여자가 끝내 화해할 수 없었던 언어, 대낮의 빛처럼 환하기만 했던 단어와 문장들은 우리 삶의 밝은 면에 반드시 누군가의 죽음과 고통, 파괴가 깃들어 있다는 사실을 외면해 왔다. 그 용서할 수 없는 말들을 끝내 잃어버리고 침묵 속으로 빠져든 여자의 고통은 그 자체로 진실을 증명하기 위한 몸짓으로 해석되어야 한다. 삶 속에는 고통과 비명, 타인의 죽음과 무고한 희생이 터지지 않은 물집처럼 가득 차 있으며, 그러한 진실은 명료한 논리와 언어의 세계로는 증명할 수 없기 때문이다.

그리하여 《희랍어 시간》은 희미한 슬픔과 침묵으로 되살아나는 감각의 세계를 보여 준다. 마침내 두 사람의 심장이 맞닿고 입술이 맞닿을 때, 이들의 몸은 '영원히 어긋난다.' 이 어긋남이야말로 절대적인 빛의 논리, 언어의 폭력 반대편에서 희미한 아름다움을 가리킨다. 슬픔을 통해 서로를 느끼는 감각의 세계는 나 아닌 타인에 대한 완전한 이해를 요구하지 않기 때문이다. 우리는 서로의 상처 입은 몸에 대해 명확하게 알 수 없을지도 모른다. 어쩌면 선명한 언어로 고통의 인과 관계를 설명하려는 일은 오히려 서로의 고통으로부터 우리를 멀어지게 만들지도 모른다. 따라서 한강은 깊은 바닷속처럼 어둡고 고요한 곳으로부터, 곁에 있는 두 사람의 옅은 온기를 들추어낸다. 서로의 아픔을 한없이 어루만지는 슬픔의 힘으로.

소년이 온다

《희랍어 시간》을 발표한 이후 한강이 처음 계획했던 것은 삶을 '껴안는' 소설을 쓰는 일이었다. 서로의 고통을 침묵으로 어루만지는 두 사람의 온기를 확인한 후, 인간을 긍정하는 세계로 나아가고자 했던 것이다. 그러나 그를 멈춰 세운 것은 열두 살 무렵 어른들 몰래 들춰 보았던 한 사진첩에 대한 기억이었다. 1980년 5월 광주에서 일어난 무자비한 학살과 수많은 이들의 죽음이 그 속에 있었다. 그리고 그 폭력에 맞서 서로의 아픔을 나눠 짊어지려는 사람들의 모습이 있었다. 총검에 머리가 으깨진 소녀의 사진과, 부상당한 사람들에게 헌혈하기 위해 병원 앞에 길게 줄을 선 사람들의 사진. 한강은 생각했다. 가장 잔혹한 폭력과 타인의 고통을 그냥 지나치지 못하는 양심이 모두 인간에게서 나온 것이라면, 인간은 도대체 어떤 존재인가?

우리는 생명을 지닌 인간이란 모두 존엄한 존재라고 배운다. 하지만 동시에, 우리가 살아가는 세계에서는 전쟁과 학살 등 끔찍한 폭력이 지금 이 순간에도 끊임없이 행해지고 있다. 이렇게 참혹한 현실 속에서 인간의 존엄을 논하는 일은 어떻게 가능할까? 《소년이 온다》를 집필하며 한강이 던졌던 다음의 질문들은 이 소설이 1980년의 광주를, 그곳에서 죽은 소년의 영혼을 불러내는 이유를 짐작하게 해 준다. '과거가 현재를 도울 수 있는가?' 그리고, '죽은 자가 산 자를 구할 수 있는가?' 거대한 폭력이 휩쓸고 지나간 이들의 삶에서, 지워지지 않는 고문의 상처가 남은 몸에서 한강은 그럼에도 끝내 파괴되지 않는 존엄성의 흔적을 발견하려 한다. 이를 가능하게 하는 것은 끊임없이 현재로 소환되는 고통스러운 과거, 그리고 살아남은 자들의 기억 속에서 되살아나는 소년의 얼굴이다.

2014년 《소년이 온다》를 출간한 뒤 한강은 같은 해 8월 만해문학상을 받았다. 그러나 소설은 '5월 광주'를 다루었다는 이유로 당시 정부에 의해 사전 검열을 당하고 국가 도서 지원 사업에서 의도적으로 배제되기도 했다. '사상적 이유'로 작가가 문화 예술계의 블랙리스트로 지목되는 일도 있었다. 물론 이러한 폭력도 작품에 담긴 한강의 메시지를 멈추지는 못했다. 2017년 《소년이 온다》는 이탈리아 말라파르테문학상을 수상했고, 이후 각국 언어로 번역되어 국내뿐 아니라 세계의 수많은 독자에게 읽혔다. 인간의 존엄을 파괴하려는 폭력과 그에 맞서려는 인간의 양심은 비단 과거에만 존재하지 않는다. 그런 의미에서 《소년이 온다》는 충분히 현재적인 작품이며, 또한 미래적인 작품이라고도 할 수 있다.

1. 줄거리와 등장인물

① 줄거리

소설은 1980년 광주 민주화 운동 당시 전남도청에서 계엄군의 총탄에 목숨을 잃은 소년 '동호'를 중심으로 전개된다. 1장은 동호(너)의 시점에서 시위가 진행 중인 현장의 모습을 서술한다. 동호는 군인들이 시위대를 폭격한 직후 사라진 친구 '정대'를 찾아 도청을 방문하고, 그곳에서 시신들을 수습하고 유족들이 알아볼 수 있도록 장부에 기록하는 일을 돕는다. 도청을 지키는 이들 사이에서는 며칠 후 계엄군이 이곳에 들어와 사람들을 모두 죽일 거라는 소문이 돌고 있다. 이에 형과 누나들은 그를 돌려보내려 하지만, 동호는 정대를 찾아야 한다는 생각에 끝까지 남는다.

2장은 죽은 정대의 혼(나)이 서술을 이끌어 간다. 죽은 자신의 몸과 다른 이들의 몸을 군인들이 구덩이에 포개 쌓는 광경을 정대는 다른 혼들과 같이 지켜본다. 함께 죽은 누나 정미의 몸도 거기에 있다. 그러면서 정대는 죽기 전 평화로웠던 일상의 기억을 떠올린다. 그렇게 며칠이 지난 어느 날 밤, 군인들이 구덩이에 석유를 붓고 불을 붙인다. 불타는 몸들을 바라보던 정대는 먼 곳에서 총과 폭약 소리를 듣고, 그 순간 동호가 죽었음을 느낀다.

3장은 생존자 '김은숙(그녀)'을 초점 화자로 삼아 진행된다. 계엄군이 도청에서 사람들을 학살하던 전날 새벽, 은숙은 다른 여자들과 함께 도청을 빠져나와 살아남았다. 몇 년 후 출판사에서 일하게 된 그녀는 일로 만난 한 번역자가 정부의 수배자라는 이유로 조사실에 불려가 수차례 뺨을 맞는다. 은숙이 교정과 출판을 담당한 '서 선생'의 희곡집은 보안사 검열과에서 거의 모든 내용을 삭제당한다. 그러나 사복 경찰의 감시 속에서 서 선생은 기어이 연극을 무대에 올린다. 소리 없이 입 모양만으로 대사를 전달하는 연극을 보며, 은숙은 조용히 죽은 동호의 이름을 부른다.

4장은 '김진수'라는 인물에 대해 증언하는 '나'의 기록이다. 김진수와 '나'는 계엄군이 진입해 학살을 벌였던 그날 끝까지 도청에 남아 있던 대학생이었다. '나'는 집으로 돌아가지 않은 소년(동호)에게, 계엄군에게 항복하면 죽이지는 않을 거라 말했던 김진수를 기억하고 있다. 그러나 군인들은 항복한 소년들에게도 총을 쏘았고, 그들은 그 광경을 지켜볼 수밖에 없었다. 함께 교도소에 수감되었던 '나'와 김진수는 사면 후 우연히 다시 만나게 된다. 어느 비오는 밤, 김진수는 '나'를 찾아와 교도소에 함께 있었던 소년 '영재'가 정신 병원에 들어갔다는 이야기를 전한다. 얼마 안 가 '나'는 김진수가 죽었다는 소식을 듣는다.

5장은 역시 도청에 끝까지 남아 있었던 인물 '임선주(당신)'의 이야기이다. 선주는 젖은 수건에서 물이 떨어지는 소리를, 마치 죽은 동호가 자신에게 오는 발소리처럼 듣는다. 1980년 5월 광주에서 있었던 일을 연구하고 있다는 '윤'은 그녀에게 그날의 증언을 부탁한다. 그러나 학살 이후 그녀는 성고문을 포함한 각종 끔찍한 고문을 당했고, 그 기억을 도저히 마주할 수 없다. 선주는 노동 운동을 함께했던 '성희 언니'가 큰 병에 걸려 입원해 있다는 병원을 찾는다. 그녀는 응급실 의자에 앉아 다만 언니에게 '죽지 말라'는 말을 하고 싶다고 생각한다.

6장은 동호의 어머니가 서술자로 등장한다. 그녀는 막내아들인 동호의 탄생과 성장 과정, 그리고 셋방에서 살던 정미와 정대 남매의 생전 모습을 회상한다. 그녀를 비롯한 유족회 사람들은 군부의 탄압에도 멈추지 않고 집회를 계속한다. 그녀처럼 자식을 잃은 어머니들은 집회를 저지하려는 경찰과 몸으로 부딪히며 싸운다. 남편이 병으로 세상을 떠난 후, 그녀는 자주 동호와 함께 걸었던 천변을 걷는다. 빛이 비치고 꽃이 핀 쪽으로 자신을 끌어당기던 어린 동호의 손길을 그녀는 기억한다.

마지막 장인 에필로그에서 서술자 '나'는 동호와 관련된 이야기를 소설로 써낸 작가 본인이다. 1980년 1월 가족과 함께 서울로 이사한 '나'는 광주에서 일어났다는 학살과 시위에 관한 이야기를 듣는다. 아버지가 광주에 방문했다가 가져왔다는 사진첩에는 군인의 총검에 얼굴이 훼손된 여자아이의 사진이 실려 있다. 이후 성인이 된 '나'는 그 일과 그날 죽은 소년에 대한 소설을 쓰기로 결심하고, 동호의 형을 수소문해 찾아낸다. 허락을 구하는 '나'에게 그는 누구도 더는 동호를 모독할 수 없도록, '제대로' 써 달라고 말한다.

그날 새벽 '나'는 국립묘지를 찾아가, 동호의 묘 앞에 가져온 초들을 내려놓고 불을 붙인다.

② 등장인물

동호('너')

주인공. 중학교 3학년이다. 군인들이 시위대를 폭격한 이후 사라진 친구 정대를 찾아 도청에 왔다가 시신들을 수습하는 일을 돕는다. 계엄군이 도청을 습격했을 때 끝까지 돌아가지 않고 그곳에 남아 있었다. 다른 소년들과 함께 항복하지만, 계엄군의 총탄에 목숨을 잃는다.

정대

동호의 친구. 실종자. 누나 정미와 함께 동호의 집에 세 들어 산다. 동호와 같이 시위대에 참여했다가 계엄군의 총에 맞아 사망했다. 혼이 되어 죽은 자신과 누나, 다른 사람들의 몸이 구덩이 속으로 던져져 겹겹이 쌓이며 썩어 가는 모습을, 그렇게 쌓인 시신들을 군인들이 불태우는 광경을 지켜본다.

김은숙('그녀')

학살의 생존자. 작은 출판사 직원으로 일하고 있다. 일로 만난 번역자가 정부의 수배자였다는 이유로 취조실에 끌려가 뺨을 맞는다. 학살 당시 고등학교 3학년으로, 도청에서 시신 수습을 돕다가 계엄군의 습격 직전 병원으로 피신해 살아남았다. 그 이후 도청 분수대에서 아무 일도 없었다는 듯 물줄기가 치솟고 있는 모습을 견딜 수 없어 분수를 잠가 달라는 민원을 넣는다.

나(4장의 서술자)

학살의 생존자. 그날의 증언을 부탁한 윤의 인터뷰에 응한다. 당시 스물셋이었으며, 도청에 남아 있었던 시민군 중 한 명이다. 같은 시민군이었던 대학생 김진수와 함께 체포되어 감옥에 수감되었다. 갖은 고문을 당한 끝에 사면된 후 우연히 김진수를 다시 만나 관계를 이어 왔다. 이후 그의 부고를 받고 장례식에 참석한다.

김진수

학살의 생존자. 당시 대학생으로 계엄군들에 의해 체포, 수감되어 잔혹한 고문을 겪는다. 감옥에서 풀려난 이후에도 오랫동안 괴로워하다 스스로 목숨을 끊는다.

임선주('당신')

학살의 생존자. 방직 공장 여공 출신으로 성희 언니와 함께 노동 운동에 참여했으며, 현재 환경을 위한 시민 단체에서 일하고 있다. 학살 당시 도청에 끝까지 남아 있던 시민군 중 한 명으로, 계엄군들에 의해 체포된 후 가혹한 고문을 당했다. 윤에게 그날의 증언을 녹음해 보내 달라는 요청을 받지만, 끝내 하지 못한다.

나(6장의 서술자)

동호의 어머니. 아들 삼 형제를 키우며 살아왔다. 학살 이후 유족회와 함께 매년 집회에 참석해 군부와 싸웠다. 동호의 학생증 사진을 오려 지갑 속에 넣고 다니며 아들을 기억한다.

2. 고통의 목소리들

《소년이 온다》를 읽는 건 쉬운 일이 아니다. 학살의 참상과 인간의 잔혹함, 사랑하는 이를 잃은 자의 슬픔과 살아남은 사람들의 고통이 책 전체를 메우고 있기 때문이다. 소설은 5·18 광주 민주화 운동을 전면으로 다루고 있지만, 학살의 현장을 사실적으로 재현하기 위해 쓰인 작품은 아니다. 오히려 한강은 학살을 겪은 생존자들 혹은 유족을 주된 등장인물로 설정하고 그들의 목소리를 빌려 그 이후의 삶을 말하게끔 한다. 소년 동호의 시선으로 민주화 운동 당시 광주 시내와 도청의 모습을 묘사한 1장과 계엄군에게 죽은 정대의 혼이 말하는 2장을 제외하고, 소설의 3장부터 6장까지의 내용은 동호와 그날의 참혹함을 기억하는 사람들의 이야기다. 1장에서 '너'로 등장한 이후 동호는 자신의 목소리로 말하지 않는다. 다만 그를 기억하는 이들의 입을 통해 계속해서 소환될 뿐이다.

그렇다면 한강은 왜 인물들의 내면, 또는 증언을 나열하는 방식으로 소설을 썼을까? 그 실마리는 그가 《소년이 온다》 출간 이후 참여한 한 대담에서 찾을 수 있다. 한강은 작품을 구상하는 단계에서 수백 페이지가 넘는 자료들을 읽었고, 그렇게 방대한 자료를 탐색하는 과정에서 무력감을 느꼈다고 고백했다. 피해자들이 겪은 일이 너무 참혹해 그들의 고통을 도저히 소설로 옮길 수 없었기 때문이었다. 마침내 그는 "같이 고통을 느끼는 것, 초를 밝히는 것"[•] 두 가지만 하자는 마음으로 집필을 시작했다. 《소년이 온다》 1장에서는 시신을 수습한 동호가 촛불을 밝히고, 마지막 에필로그에서는 서술자 '나'가 소년의 묘 앞에 촛불을 밝힌다. 죽은 이들을 향한 애도의 불길은 그렇게 소설에 담겼다.

'피해자들의 고통을 같이 느끼는 심정으로 소설을 썼다'는 작가의 말로 우리는 《소년이 온다》의 가장 중요한 테마가 등장인물들의 정신적·신체적 고통임을 알 수 있다. 앞서 살펴본 소설들과 마찬가지로 인물의 고통을 주된 제재로 삼은 작품인 것이다. 우리의 삶에는 죽음이 그림자처럼 깃들어 있으며, 그것으로 인해 고통을

• 김연수·한강(2014), 〈사랑이 아닌 다른 말로는 설명할 수 없는 – 한강과의 대화〉, 《창작과 비평》 2014년 가을호

겪는다는 사실 자체가 삶의 증거라는 메시지를 한강은 꾸준히 전달해 왔다. 《소년이 온다》에 이르러 한강은 그러한 고통을 '양심'과 구체적으로 연결 짓게 된다. 소설 속 인물들은 다른 이들의 죽음이나 그들이 느꼈을 고통을 자신의 것처럼 느끼며 괴로워한다. 즉 이 소설에서 고통은 한 사람에게 머물러 있는 감각이 아니라 몸에서 몸으로 파도타기처럼 이어지는 감각이다. 다른 사람의 고통을 예민하게 느낄수록 나 자신의 통증도 심해질 수밖에 없다. 그럼에도 불구하고 그것을 외면하지 않고 끝내 감수하겠다는 등장인물들의 태도에서, 우리는 인간의 양심을 본다.

너무 고통스러운 나머지 소설 쓰기를 포기하려 했던 한강을 돌려세운 것도 그러한 '양심'에 대한 기록이었다. "하느님, 왜 저에게는 양심이 있어 이렇게 저를 찌르고 아프게 하는 것입니까? 저는 살고 싶습니다."('노벨문학상 수상 강연문'에서) 이 문장을 남긴 젊은 야학 교사 박용준은 계엄군이 도청에 진입해 무차별 학살을 벌이던 새벽까지 그곳에 남아 있다가 목숨을 잃었다. 그날 광주에는 그렇게, 죽을 걸 알면서도 끝내 도청을 떠나지 않은 사람들이 있었다. 살고 싶다는 간절한 바람을 등지고 그곳에 남을 수밖에 없게 한 양심이란 도대체 무엇이었을까? 인간이 인간에게 저지른 가장 참혹한 폭력 앞에서, 인간과 인간을 서로의 고통으로 연결 짓는 양심은 생명의 존엄을 어떻게 드러내는가?

'소년' 동호는 이 질문을 마지막까지 끌고 가는 존재다. 소설의

1장에서 '너'라고 불리는 동호는 도청으로 출입하는 계단참에 앉아 은행나무를 쳐다보고 있다. 도시 곳곳에서 이송되어 온 시신들의 숫자를 기록하고, 유족들이 찾아오면 신원을 확인시켜 주는 것이 그의 일이다. 강당을 가득 채운 시신들을 바라보며 동호는 죽은 몸들의 혼을 상상한다. 사람이 죽으면 혼은 어디로 가는 것일까? 몸이 없어 눈을 부릅뜰 수도, 손을 내밀 수도 없는 혼은 얼마나 자기 몸 곁에 오래 머물러 있을까? 하지만 그곳에는 썩어 가는 몸들과 지독한 악취뿐, 혼은 어디에도 보이지 않는다. 살아 있는 자는 혼의 존재를 인식하지 못한다. 마치 죽은 정대의 혼이 먼 숲속에서 그 자신의 몸을 지켜보고 있다는 것을 동호가 모르듯이.

그럼에도 동호는 시신들 옆에 촛불을 켜 놓는 일을 멈추지 않는다. 초를 밝히는 것은 죽은 자의 영혼을 위로하고 애도하는 행위이다. 그렇다면 동호에게 혼이란 직접 감각되지는 않지만, 분명히 존재하는 어떤 것으로 여겨지는 셈이다. 심지어 혼은 사람이 죽을 때 함께 사라지는 것이 아니라 그 곁에 얼마간 머무르며 자신의 몸을 지켜보는 존재로 서술된다. 혼에 대한 이러한 인식은 소설이 묘사하는 인간의 양심과도 연결되는데, 죽은 자들의 혼을 외면할 수 없다는 마음이야말로 그들의 고통을 함께 느끼는 예민한 감각을 증명하기 때문이다. 나아가 그것은 그들의 죽음에 나 역시 책임이 있다는 마음, 그들을 죽음으로부터 구해 내지 못했다는 죄의식을 바탕에 두고 있다. 정대의 죽음에 대한 동호의 죄의식이 그 예이다.

동호는 시위 현장에서 총에 맞은 정대를 구하지 못했다. 옥상에 있던 군인들이 총에 맞은 사람을 도우러 뛰어나오는 사람들까지 모두 쏴 죽였기 때문이다. 홀로 살아남았다는 죄책감은 정대와 정미 누나에 대한 생생한 기억과 연결되며 강렬한 고통으로 동호의 내면에 새겨진다. 진수 형과 엄마의 만류를 뿌리치고 도청에 남은 동호는, 손녀를 찾는다는 한 노인에게 시신을 보여 주며 이를 악문다. 차마 눈 뜨고 볼 수 없을 정도로 심하게 으깨어지고 부패한 시신의 몰골은 노인에게 엄청난 충격과 고통을 줄 뿐만 아니라 그 장면을 마주 보아야 하는 동호에게도 고통으로 번진다. 이 지점에서 동호의 죄의식은 정대와 정미 누나를 넘어 다른 사람들로, 폭력에 휩쓸린 모든 죽은 자들에게로 확장된다.

결국 '나 자신까지도' 용서할 수 없었던 동호의 선택은 그날 도청에 남았던 다른 생존자들의 선택이기도 했다. 죽은 자들의 혼과 끝까지 연결되고자 했던 동호는 도청을 포위한 계엄군의 총에 맞아 결국 목숨을 잃는다. 그의 죽음은 은숙과 선주, 진수와 같은 생존자들에게 영원히 끝나지 않는 고통과 죄의식의 근원이 된다. 동호를 구하지 못했다는 죄책감, 소년은 죽고 자신은 살아남았다는 수치심이 이들의 내면을 지배하고 있다. 생존자들은 '그녀', '당신' 또는 다른 인물의 목소리로 다양하게 호명되며 일상을 뒤덮은 고통을 토로한다. 3장과 4장, 5장의 서술 시점 사이에는 수년, 수십 년의 차이가 있지만, 이들이 호소하는 고통은 모두 현재형이다. 이는 잔혹한 학살과 고문으로 인해 그들의 몸과 마음에 난 상처가 지워지지 않을 트라우마(trauma)로 남았음을 말해 준다.

따라서 이들의 삶에서 과거와 현재는 단절된 시간이 아니다. 고통스러운 과거는 시시때때로 현재에 침입하고, 아물지 않는 상처를 헤집어 일상을 불가능하게 만든다. 그러한 트라우마의 중심에 동호의 죽음이 있다. 동호가 어떻게 죽었는지는 1장이 아닌 4장의 서술자인 '나'를 통해 증언의 형식으로 드러난다. '나'와 함께 도청을 지켰던 진수는 어린 동호를 돌려보내려 했지만, 동호는 끝내 집으로 돌아가지 않는다. 진수는 도청에 남은 동호와 소년들에게 계엄군이 들어오면 무조건 항복하라고, 어린 학생들이 손을 들고 나가면 죽이지는 않을 거라고 말한다. 그러나 도청을 포위한 군인들은 항복 자세로 걸어 나오는 소년들을 비웃으며 총을 쏴 죽인다. 체포된 '나'와 진수는 그 모든 광경을 지켜본다.

이후 그들은 감옥에 끌려가 혹독한 고문을 받게 되는데, 그곳에서 '영재'라는 소년을 만난다. 그는 학살 현장에서 죽은 동호를 떠올리게 하는 인물이다. 인간의 존엄이 무참히 파괴되는 감옥에서 영재는 그들이 여전히 인간이라는 사실을 깨닫게 해 주는 존재다. 예컨대 굶주림을 견디지 못한 재소자들이 음식을 두고 다툴 때, 영재는 그들이 서로를 위해 '죽을 각오'까지 했던 사이임을 상기시킨다. 총칼의 폭력이 쏟아지는 재판장에서는 눈물을 흘리며 애국가를 불러, 결국 모든 수감자가 한뜻으로 합창하도록 이끈다. 이렇듯 그가 상징하는 것은 아직 파괴되지 않은 인간의 존엄이며, 그들이 지닌 양심의 흔적이다. 그러나 그런 영재도 끝내 고문의 상처를 피해 가지는 못한다. 영재가 감옥에서 풀려난 뒤 공격성을 이기지 못해 사람을 죽이려다 정신 병원에 입원하게 되었다는 소식을 '나'는 진수에게서 듣는다. 그리고 얼마 뒤 진수는 스스로 생을 마감한다.

동호의 죽음과 마찬가지로, 영재에게 일어난 일은 진수에게 죽음과도 같은 고통을 안겨 주었을 것이다. 그러한 고통의 근원에는 동호에 이어 영재마저도 구하지 못했다는 죄의식이 있다. 동호가 죽은 정대와 정미 누나에게, 학살로 가족을 잃은 사람들에게 그러했듯 진수는 동호와 영재의 고통을 자신의 것처럼 느낀다. 그리고 극심한 죄의식 속에서 몸부림치다가 결국 스스로의 존재마저 파괴하고 만다. 타인의 아픔에 대한 죄의식은 그의 비극을 함께 책임지려는 마음, 나 자신의 고통에도 불구하고 그와 연결되려는 인간의 양심과 관련이 있다. 하지만 그것조차 압도적인 고통 속에서 인간을 끝내 죽음으로 이끈다면, 대체 어떤 의미가 있는 것인가?

진수의 장례식에 참석한 '나'는 증언을 요청한 윤에게 묻는다. 인간의 본질은 잔인성에 있는 것이냐고. 잔혹한 폭력과 존엄한 인간성이라는 두 가지 측면이 인간에게 모두 있다면, '나'와 진수의 일상을 뒤덮은 것은 인간의 존엄을 계속해서 파괴하는 폭력의 흔적이다. 이들은 양심을 가진 인간이기에 고통받는 동시에 끊임없이 자기 파괴, 소멸, 죽음의 세계로 이끌린다. 이 지점에서 우리는

《소년이 온다》를 둘러싼 중요한 질문을 다시금 던져 보아야 한다. 과거는 정말로 현재를 돕는 것인가? 죽은 자가 산 자를 구원한다는 것이 어떻게 가능하다는 말인가? 이 질문에 좀 더 가까이 다가가기 위해, 소설 속 고통받는 이들의 목소리를 더 들어 볼 필요가 있다.

3. 증언과 기억

《소년이 온다》는 인물들의 고통에 집중하기 위해 그들의 내면에 주목하는 소설이다. 생존자들이 토로하는 고통은 직접적인 증언의 형식으로 드러나거나(4장), 학살 이후의 삶이 얼마나 고통스러운 것인지를 폭로하는 내면의 풍경으로 서술된다(3, 5장). 소설은 이들이 느끼는 고통의 세부적인 부분들까지 묘사하려 하지만, 문제는 그러한 묘사가 절대 분명한 언어로 완전히 전달되지 않는다는 점이다. 고통은 결코 하나의 완결된 서사로 말해질 수 없다. 그리고 이 소설은 그 '말해질 수 없음'이라는 사실에서 출발한다.

4장과 5장에서 공통으로 등장하는 인물은 광주 민주화 운동을 연구하고 있는 '윤'이다. 그는 학살을 기억하는 사람들에게 사건 또는 사람에 대해 증언해 주기를 부탁한다. 4장의 서술자 '나'는 그 요청에 응답해 증언을 시도하지만, 증언의 대상인 진수 본인이 아니기에 한계가 있다. 게다가 '나'의 기억은 시간 순서대로 매끄럽게 이어지거나 편집을 거쳐 재구성되지 않는다. '나'는 자신이 본 죽음과 끔찍한 폭력의 현장에 관해 이야기하다가 더는 말하고 싶지 않다며 갑자기 증언을 거부하기도 하고, 기억들을 드문드문 나열하다가 도리어 인터뷰어인 윤에게 당신은 어떻게 생각하느냐고 되묻기도 한다. 실제로 독자들은 이런 '나'의 불완전한 증언들만으로는 진수의 내면이나 학살 이후 진수가 겪었을 고통스러운 삶에 대해 명확히 알 수 없다.

그렇다면, 왜 진수가 아닌가? 당시 가장 가까운 곳에서 동호를 지켜보았고, 끝내 죽음에 이른 소년의 이야기를 직접 전할 수 있으며, 그때의 죄의식에서 벗어나지 못해 내내 괴로워했던 진수 본인이 아닌 '나'를 소설은 왜 핵심 증언자로 내세우는가? 이러한 의도적인 배치는 이 소설에서 생존자의 증언이 '그때 그런 일이 있었다'는 기억의 사실성을 목적으로 하지 않는다는 것을 보여 준다. 즉 《소년이 온다》 속 증언은 사건을 사실적으로 재현하기 위한 것이 아니다. 불완전하고, 때때로 실패하는 증언은 당시 그들이 느꼈을 고통이 '언어화할 수 없을 만큼' 극심한 것임을 암시한다. 따라서 이들에게 억지로 '증언하라'고 요구하는 것은 또 다른 폭력에 해당한다. 실제로 유족들은 오랫동안 피해 사실을 입증하라는 요구에 시달리며 끊임없이 트라우마와 싸워야 했다.

광주뿐만 아니라 권력의 부당한 폭력을 경험한 이들에게는 그것을 논리적으로 증명하라는 요구와 압박이 지금도 가해지고 있다. 그러나 고통스러운 경험의 감각은 특정한 방식으로 설명될 수 없으며, 설령 설명된다 하더라도 그것이 진실에 얼마나 가까울지는 누구도 판단할 수 없다. 따라서 소설은 증언의 불가능성 자체를 증거로 제출하며 고통 그 자체에 집중한다. 예컨대 은숙의 경우, 학살을 기억하는 것마저 불가능하게 만드는 군부의 억압 속에서 고통을 겪고 있다. 그녀는 당시 광주에서 경험한 것들을 말할 수도 없고, 애도할 수도 없다. 권력은 그녀에게 축적된 폭력의 경험을 자신들이 원하는 방식으로 기억하라 강요한다. 이를 상징하는 것이 '잊어야 한다'는 반복적인 다짐이다. 은숙은 수배 중인 번역자와 일 때문에 잠시 만났다는 이유로 경찰서에 불려 가 일곱 대의 뺨을 맞는다. 그러나 다짜고짜 가해진 신체적 폭력을 자유롭게 기억하고 말할 권리가 그녀에게는 없다. 그녀는 다만 하루에 뺨 한 대씩을 잊어버리겠노라 다짐할 뿐이다. 그렇게 며칠이 지나면, 오늘의 그 부당한 폭력은 '없었던 일'이 되는 것이다.

　학살이 벌어진 후 1년간, 은숙은 도청의 분수대에서 물이 나와서는 안 된다고 민원 전화를 걸었다. 그 무수한 죽음들을 잊거나 은폐하려는 움직임을 견딜 수 없었기 때문이다. 하지만 분수대의 물은 끝내 멈추지 않았고, 모두는 이제 그만 잊으라 말한다. 이제 네가 할 수 있는 일은 없으니 다 잊고 일상으로 돌아가라고. 그렇게 일방적인 망각을 요구하는 권력의 말들 속에서, 증언은 정말로 불가능한 것일까. 거대한 폭력에 의해 죽거나 가까스로 살아남은 이들의 고통, 아물지 않은 상처의 기억은 결코 말해질 수 없는가.

당국의 검열로 거의 모든 부분이 지워진 서 선생의 희곡이 기어이 연극으로 상연되는 장면은 이에 대한 대답이기도 하다. 은숙은 광주의 비극을 연상시키는 연극 무대에서 배우들이 소리 없이 입 모양만으로 대사를 전달하는 모습을 본다. 입 밖으로 내지 못했기 때문에 그것은 실패한 증언이지만, 오히려 그렇기 때문에 무대에서 관객석으로, 그리고 은숙에게로 전해질 수 있다. 마침내 은숙이 입을 열어 소리 없이 동호의 이름을 부를 때, 고통은 비로소 무대 바깥의 현실과 접속한다. 은폐와 망각의 폭력 속에서 여전히 '장례식' 중인 이들의 고통이 현재화된다.

5장에서 선주 또한 윤의 증언 요청을 받지만, 끝내 실패하고 만다. 대면 인터뷰가 힘들다면 녹음이라도 해 달라는 윤의 부탁에 어떻게든 녹음을 해 보려 하지만, 결국 버튼을 누르지 못한다. 소설에는 선주가 증언하려고 마음먹은 날의 저녁부터 새벽까지의 시간대가 표시되어 있다. 그러나 녹음기 앞에서 망설이는 선주의 시간은 마치 흐르지 않는 것처럼 보인다. 학살과 고문의 기억을 입 밖에 꺼낸다는 것은 그녀에게 악몽보다 더 고통스러운 현실과 마주하는 일이기 때문이다. 10분에서 30분 단위로 표시되는 시간과 달리 그 안에 재생되는 선주의 기억은 무한정 늘어지거나 멈춰 있으며, 논리적인 순서와 전개를 따르지도 않는다. '그런 일이 이렇게 벌어졌다'는 식으로 발화될 수 없는 기억들인 것이다.

선주가 느끼는 고통 역시 동호의 죽음에 대한 책임과 죄의식을 포함한다. 이를 상징하는 것이 방문 손잡이에 걸어 둔 젖은 수건에서 물이 떨어지는 소리를 잠결에 누군가 다가오는 발소리라고 착각하는 장면이다. 그 순간 그녀는 명치께에 강한 통증을 느낀다. 문제는 그것이 발소리가 아니라는 걸 알고 나서도, 마치 누군가 정말 다가오는 소리처럼 들린다는 것이다. 수건을 치운 뒤에도 선주는 종종 발소리를 듣곤 한다. 꿈 같기도 현실 같기도 한 희미한 경계에서 그렇게 동호는 기억된다. 동호와 진수, 그 많았던 죽은 이들의 혼이 다가온다는 상상과 함께 선주는 비로소 자신의 고통과 마주한다. 학살 이후의 삶이 죽은 자들의 혼과 연결되어 있음을 그토록 아프게 느낀다.

진수가 그랬듯이, 동호에 대한 기억은 살아 있다는 사실 자체를 죄로 느끼게 한다. 선주가 느끼는 죄의식과 고통 역시 영원히 끝나지 않고 계속될 것이다. 하지만 서로 번지고 섞이면서 가벼운 발소리로 다가오는 동호와 죽은 이들의 혼은 그녀를 자기 파괴나 소멸로 이끌지 않는다. 과거 선주는 죽음의 유혹을 느끼고 실제로 이를 시도하기 위해 광주에 갔던 적이 있다. 그곳 거리에 학생들이 붙여 놓은 학살 피해자들의 사진 속에서, 선주는 동호를 발견한다. 죽은 동호의 모습을 보며 그녀는 극심한 고통과 분노가 치솟는 것을 느낀다. 자신이 고문당하던 그 여름에 동호의 몸은 땅

속에서 썩어 가고 있었다는 사실을 깨닫는 순간, 선주는 죽음이
아닌 삶을 선택한다.

네가 겪은 고통을 내가 겪기에 '우리는 연결되어 있다'고 인지한
순간, 혼들은 발소리를 지니고 선주에게로 온다. 그리고 그 혼들
이 선주가 다시금 성희 언니와 마주하도록 만든다. 성희는 선주를
비롯한 여공들에게 '우리는 고귀하다'고 일러 준 사람이다. 동시에
고통스러운 기억을 견딜 수 없어 아무것도 말하지 않기로 한 선주
에게, 숨어서는 안 된다고 말했던 사람이다. 선주는 더 이상 상처
입지 않기 위해 그동안 성희마저 멀리해 왔다. 하지만 기억 속에서
되살아나는 동호의 얼굴은, 발소리를 내며 다가오는 죽은 자들의
혼은 살아남은 그녀가 현재에 그토록 고통스럽다는 사실을 통해
과거 그들이 함께 고통스럽게 선택했던 양심을 떠올리게끔 한다.
무력한 희생자로 남지 않기로 결심했던 그날 밤의 기억을.

따라서 선주는 죽음이 아닌 삶 쪽으로 나아간다. '죽지 말아요'
라는 그녀의 말은 녹음되지 못한 증언처럼, 입원한 성희에게 직접
전달되지 못한다. 그러나 오히려 전달에 실패함으로써 한 사람에
게 전하는 말이 아니라 학살의 생존자들을 포함해 고통받는 불특
정 다수를 향해 뻗어 나가는 말이 된다. 이는 뒤이은 6장에서 동호
의 어머니가 기억하는 동호의 말, '캄캄한 어둠이 아니라 밝고 꽃
피는 데로 걷자'고 손을 끌어당기는 동호의 모습과도 겹쳐진다. 소
년의 혼은 그렇게 죽음 대신 삶으로, 소멸 대신 생명으로, 어둠 대

신 밝은 빛으로 살아남은 이들을 이끈다.

산 자들이 동호를 소환하는 일은 그토록 고통스럽고, 불완전하고, 군데군데 끊어진 파편 같은 기억을 통해 타인의 고통에 닿아 보려는 책임의 실천이다. 당사자가 아니라 알 수 없거나, 폭력에 의해 은폐되거나, 강력한 트라우마를 발생시키는 기억은 완전한 언어로 설명될 수 없다. 그것이 오히려 거짓이나 왜곡이 될 수 있다는 것을 소설은 잘 알고 있다. 따라서 고통으로 점철되어 부서진 언어, 소리 없는 말, 파편화된 기억을 더듬으며 사건의 핵심에 다가가려 하는 것이다. 고통과 직면하는 일은 타인의 아픔을 슬퍼하는 내 안의 양심, 인간이 지닌 존엄의 흔적을 들춰 보는 일이기도 하기 때문이다. 이렇게 죽은 자가 산 자를 구하고, 과거가 현재를 돕는다. 그리하여 더 많은 증언, 오랜 기억, 그리고 결코 잊지 않는 일이 중요하다고 소설은 말하고 있다.

4. 치욕과 존엄 사이에서

《소년이 온다》에서 또 한 가지 중요한 것은 생존자들의 죄의식이 '몸'에 대한 인식과 연결된다는 점이다. 이제까지 살펴본 한강 소설에서 '몸'이 중요한 테마로 다루어져 왔듯이, 이 작품에서도 몸은 인물들의 고통을 드러내며 '인간이란 무엇인가'라는 질문을 던지는 통로가 된다. 이들이 토로하는 고통에서 '치욕'이라는 키워드에 주목해 보자. 살아남은 이들을 더욱 고통스럽게 하는 것은 살아 있다는 사실이 주는 수치심, 치욕스러움이다. 동시에 그것은 자기 몸에 대한 혐오와도 연결된다. 살아 있는 몸이 여전히 숨을 쉬고 허기를 느낀다는 사실을 그들은 받아들일 수 없어 한다. 매 순간 느껴지는 고통과 치욕은 그들이 몸을 가진 존재라는 사실을 상기시키며, 동시에 자신의 몸을 혐오하고 파괴하려는 욕구로도 이어진다.

2장에서 이미 죽어 혼이 된 정대는 자신의 몸과 죽은 사람들의 몸이 아무렇게나 쌓여 구덩이 속에서 썩어 가는 모습을 지켜본다. 그중 환자복을 입은 젊은 남자의 몸은 방금 병원에서 끌려 나온 듯 눈에 띄게 청결하다. 누군가가 씻기고 약을 바르고 붕대를 두른 흔적이 있는 남자의 몸에 정대는 '이상한 슬픔'과 질투를 동시에 느낀다. 그리고 그것은 자신의 더럽고 냄새나는 몸에 대한 증오로 이어진다. 마치 고깃덩어리처럼, 폭력에 의해 아무런 존중 없이 함부로 다뤄지는 몸은 정대에게 그 자체로 치욕스러운 것이 된다. 인간을 파괴하려는 폭력은 그들의 몸에 치욕을 가함으로써 그들이 존엄한 존재가 아님을, 단지 언제든 썩을 수 있는 몸뚱이일 뿐이라는 것을 알려 주려 하지 않는가.

은숙의 이야기를 다루는 3장 역시 그녀의 몸에 폭력이 가해지는 장면으로 시작한다. 학살 이후 4년이 흘러 작은 출판사의 직원이 된 은숙은 일 때문에 만난 번역자가 수배자라는 이유로 경찰서에 불려가 뺨을 맞는다. 같은 자리에 꼭 일곱 번 맞은 뺨의 기억을 은숙은 잊으려 한다. 그녀가 교정을 본 희곡집의 거의 모든 부분이 검열로 삭제되어 출판이 불가능해진 것처럼, 폭력과 그로 인한 고통은 '기억되어서는 안 되는' 것이기 때문이다. 그러나 몸에 남은 치욕은 학살에 대한 기억과 연결되면서 더욱 생생하게 다가온다. 그것이 너무나 고통스럽기에 은숙은 더더욱 뺨의 기억을 잊으려 한다. 정확히는 사내가 자신의 뺨을 때릴 때, 아무것도 하지 않고 무력하게 맞고 있었던 자신의 수치스러운 모습을.

자신이 몸을 가진 존재라는 사실은 그렇게, 살아남았다는 죄의식과 함께 죽음으로 그녀를 이끈다. 은숙은 이미 빨리 늙기를 바라고 있으며, 자신의 생명이 길기를 원하지 않는다고 고백한다. 몸이 있기에 배가 고프고, 살기 위해 무언가를 먹어야만 한다는 사실은 그녀의 일상을 뒤덮은 치욕이자 그 자체로 고통이다. 동호를 잃은 뒤에도 밥을 먹고 가게에 나가 장사를 하며 일상을 살아 내야 했다는 동호 어머니의 고백과, 살아 있다는 걸 견디지 못해 매일 죽음의 유혹에 시달린다는 '나'의 고백 또한 그러한 죄의식과 겹쳐진다. '나'와 진수가 갇혀 있던 감옥에서 벌어졌던 모든 일은 그들이 자신의 몸을 수치스러운 것으로 여기게 하며, 나아가 그들이 주고받은 인간의 존엄과 양심 따위가 언제든 훼손되고 파괴될 수 있는 것이라고 반복해서 강조하기 때문이다.

물론 학살과 고문이 멈췄다고 해서 그 끔찍한 기억이 사라지는 것은 아니다. 그들은 여전히 자신의 훼손된 몸을 향한 혐오에 시달린다. 성희와 함께 노동 운동에 참여했고, 마지막까지 도청에 남아 있다 체포된 선주도 자신의 몸에 가해진 폭력을 기억한다. 저항의 의미로 옷을 벗은 여공들의 맨몸을 때리고 밟으며 끌고 갔던 경찰의 폭력, 이후 가해진 성고문의 기억은 선주로 하여금 자신이 '여성의 몸'을 가졌다는 사실을 떠올리게 한다. 그렇게 자신이 여성이라는 걸 견딜 수 없게 된 선주는 몸을 증오하며 스스로 여성이라는 사실조차 감추려 한다. 몸에 닿는 어떤 온기도 견디지 못해 스스로를 고립시키며 도망쳐 온 그녀의 삶이 이를 증명한다.

이렇듯 인간의 몸은 너무나도 쉽게 부서지고 훼손되며 그들의 존엄조차 위협한다는 점에서 치욕과 혐오의 대상이 될 수 있지만, 《소년이 온다》가 말하고자 하는 것은 그러한 몸이야말로 삶의 존엄을 보전한 자리라는 점이다. 몸과 연결되어 있지 않다면 혼 역시 그 곁에 머무르며 인간의 삶을, 그들에게 삶이 있었음을 증명해 보일 수 없게 되기 때문이다. 소설의 2장에서 죽은 정대의 혼은 끔찍하게 훼손된 자신의 몸을 지켜보며 자신이 몸을 가졌던 시절의 기억들을 붙들고자 한다. 얼굴을 쓸어 주었던 누나의 손길, 동호와 함께 나누었던 웃음소리, 풀벌레 소리와 따뜻한 감촉 같은 삶의 감각들은 몸에 켜켜이 쌓여 있으며, 그 축적된 감각들이 몸의 기억을 통해 삶을 구성한다. 즉 몸을 파괴하여 생명을 앗아가는 폭력은 몸에 쌓인 모든 기억들을 파괴함으로써 삶이 지닌 존엄마저 부수는 행위인 것이다.

하지만 그 기억을 붙든 혼이 있는 이상, 인간을 이루는 소중한 부분들은 파괴되지 않는다. '영혼이란 유리 같은 것'이라던 진수의 말은 이런 점에서 눈여겨볼 만하다. 유리는 단단하고 투명하지만 깨지기 쉬운 물건이다. '나'와 진수, 영재 등이 감옥에서 겪었던 고문과 폭력은 살아남은 이들이 자신의 몸을 단지 본능만이 남은 텅 빈 고깃덩이처럼 느끼도록 강요하고 억압한다. 그러나 부서진 몸에서 느껴지는 고통이 극심할수록, 폭력이 그들의 몸을 더욱 훼손하려 들수록 오히려 두드러지는 것은 그들이 유리와 같은 영혼을 지니고 있었다는 기억뿐이다. 투명한 영혼을 지녔기에 그들이 끝까지 저항했다는 사실은 그들이 살아 있는 몸으로 존재하는 한 사라지지 않는다. 폭력은 그들의 몸을 훼손함으로써 영혼마저 훼손하지만, 그것은 역설적으로 그토록 부서지기 쉬운 유리 같은 영혼이 그들에게 있었음을 증명한다. 다른 이들의 고통을 함께 책임지며 연결되려 하는 인간의 양심, 존엄 같은 것들을.

동호의 죽음은 그런 맥락에서 기억된다. 선주는 동호의 혼이 작은 발소리로 자신에게 다가오는 것을 느끼며, 죽어 가는 성희를 향해 '죽지 말라'는 말을 건넨다. 이 끈질긴 염원과 당부는 산 자들이 부디 몸을 잃지 않기를, 그토록 폭력에 취약한 인간의 생명을 가장 먼저 지켜 내기를 바라는 작가의 간절한 말이자 소설의 핵심 메시지이기도 하다. 그들의 몸이, 삶이 결코 버려진 고깃덩어리에 불과하지 않다는 사실을 망각 속에서 건져 올리기 위해 동호의 혼은 계속해서 소환되며 나타나야 하는 것이다. 진수의 죽음을 지켜본 '나'는 윤에게 인간의 본질이 무엇이냐고 묻는다. 이 질문은 압도적인 폭력 앞에서 인간이 겪는 고통스러운 치욕과 존엄 사이에 있다. 소설은 어느 한쪽을 부정하거나 외면하지 않으면서도, 고통 속에서 존엄을 발견하기 위해 우리가 무엇을 해야 하는지를 되묻는다. 이는 은숙이 군부의 검열로 거의 삭제되다시피 한 외국 번역서에서 발견한 문장과 연결된다. "인간이 무엇이지 않기 위해 우리는 무엇을 해야 하는가." 이 질문은 5·18 관련 자료집을 모두 읽고 소설의 초고를 구상하던 당시의 한강에게 불현듯 떠오른 질문이기도 했다.

이토록 연약한 인간이라는 존재를 죽음으로 내몰지 않기 위해, 영영 파괴되지 않게 하기 위해 무엇을 해야 하는가. 바로 고통 속에서도 끊임없이 기억하는 것, 현재를 향해 오는 소년의 얼굴을 피하지 않고 마주 보는 일이 아닐까. 수치심과 모멸감, 죄의식과 자살 충동 속에서 고통을 진술하는 생존자들의 목소리에 계속 귀를 기울여야 하는 것도 그러한 이유에서다. 서로의 몸과 몸을 타고 번지는 고통 속에서 생명의 빛은 타오르기 때문이다. 어둠 속에서 더욱 빛나는 촛불처럼. 성희를 포함한 모든 죽어 가는 자, 고통받는 자들에게 번지는 선주의 '죽지 말아요'라는 말처럼.

5. 혼을 따라 글쓰기

《소년이 온다》에서 소년인 동호는 '너'라고 불린다. 동호의 시점에서 전개되는 1장에서도 그는 '너'라는 2인칭으로 등장하며, 이후 생존자들의 목소리로 호명되는 '동호'라는 이름이 그가 고유한 삶을 지닌 존재라는 사실을 두드러지게끔 했다. 한강이 밝힌 바에 따르면 2인칭은 3인칭과 달리 내가 부르고 있는 '오직 한 사람'을 가리킨다는 의미를 갖는다. 이미 죽고 없는 동호의 이름이 호명되어 불려 나올 때, 소년은 유일하고 단독적인 존재로 현재의 시간 속에 되살아난다. 그러면서 살아남은 이들에게 엄청난 죄의식과 절망, 슬픔을 안겨 주고, 한편으로는 죽음을 결심한 어떤 이를 기어코 삶쪽으로 되돌려 놓기도 한다.

즉 '너'는 생존자들이 토로하는 기억 속에서 끊임없이 과거와 현재를, 죽은 자와 산 자를 연결하는 존재이다. '너'가 불려 나와 존재하는 한 과거는 잊히거나 은폐되지 않고 영원히 현재화된다. 노벨문학상 수상 기념 강연에서 한강은 '소년이 온다'라는 소설의 제목에 대해 언급한 바 있다. '오다'와 달리 '온다'에는 '지금 오고 있다'는 현재의 뜻이 담겨 있다. 《소년이 온다》는 '너'를 계속해서 호명함으로써 1980년 5월의 광주가 언제나 현재 진행형인 문제임을 말하고자 한다. 인간이 인간에게 저지른 잔혹한 폭력과 그에 맞서는 인간의 양심, 타인의 고통을 외면하지 못하는 끈질긴 사랑은 비단 당시의 광주에만 한정되는 게 아니기 때문이다.

　이러한 부분은 소설의 구성에서도 드러난다. 5장의 초점 화자인 선주는 과거 여공으로서 노동 운동에 참여했던 기억을 가지고 있다. 동일방직 노동자 투쟁으로 추측되는 노동자 쟁의에서 그녀는 몸이 짓밟히는 등 모욕적인 폭력을 경험한다. 그리고 그것은 1980년 5월 광주를 둘러싼 폭력과 이어지며 두 사건이 같은 맥락에 놓여 있음을 보여 준다. 부당한 권력의 폭력과 그에 맞서 인간의 존엄을 지키려는 사람들의 저항은 어느 특정한 시점, 특정한 장소에 국한되지 않기 때문이다. 현재 선주가 일하고 있는 환경 단체와 7장의 서술자 '나'가 목격한 2009년 용산 참사 역시 그러한 저항이 계속되는 현장으로서 광주와 연결된다. 즉 광주는 폭력과 죽음을 반대하는 고통스러운 양심의 이름으로, 소년과 함께 계속해서 되돌아오는 것이다.

　《소년이 온다》는 이렇게 광주 민주화 운동을 투쟁의 역사 속에 배치할 뿐만 아니라 현재 시점에서도 계속 기억되어야 할 사건임을 강조한다. 이때 중요하게 살펴보아야 할 부분이 '에필로그'라는 제목이 붙어 있는 7장이다. 한강은 본래 1장부터 6장까지의 소설을 구상했으며, 이후 7장을 덧붙여 작품을 완성했다고 밝힌 바 있다. '에필로그'의 서술자 '나'는 이 소설을 쓴 작가로, 실제 작가인 한강 본인을 연상시킨다. 광주에서 태어나 민주화 운동이 일어난 해에 서울로 이사한 것, 몰래 펼쳐 본 사진첩에서 학살의 사실을 알게 된 것, 소년의 이야기를 쓰기 위해 5·18 관련 자료를 탐색하고 국립묘지를 방문하는 행적 등은 한강 본인의 경험과 상당 부분 겹쳐 있다.

그렇다면 왜 '에필로그'는 소설의 본문에 삽입되어야 했을까? '나'는 자신이 어떻게 이 소설을 쓰게 되었는지, 소설을 써 나가는 과정에서 무엇을 보고 들었으며 어떤 것을 느꼈는지 자세하게 서술한다. 마치 작품 바깥의 '작가의 말'과 같은 구성이다. 그런데 작품 외부에 있는 작가가 내부로 들어오면서 소설의 안과 밖이 서로 연결되고, 광주 민주화 운동과 소년 동호의 이야기는 단순한 소재를 벗어나게 된다. 죽은 자들이 겪었을 고통이 그것을 소설로 쓰려는 '나'의 고통으로, 소설 속 인물들이 경험했거나 경험해 온 고통으로, 나아가 소설을 읽는 독자들의 고통으로 번져 가는 일련의 흐름이 7장에 이르러 비로소 뚜렷해지기 때문이다.

관련 자료들을 읽고 소년의 자취를 좇으며 사건의 중심에 다가갈수록 '나'는 일상이 고통으로 물들어 간다고 느낀다. 그날 광주에서 벌어진 무수한 죽음이 2013년을 사는 '나'에게 오히려 가장 생생한 현재로 느껴지는 것이다. 나아가 동호가 과거 교사였던 '나'의 아버지가 가르친 학생이며 그들 가족이 살았던 집에 이사 온 소년이라는 사실이 밝혀지면서 고통은 한층 격렬해진다. 그것은 1980년 5월의 광주가 현재의 '나'와 가까워지는 과정이자 소설가인 '나'가 자신의 몸을 죽은 자들과 공유하는 과정이다. 그들의 고통을 함께 겪는 '나'의 몸은 소설을 쓰는 사람의 몸인 동시에 소년의 묘에 촛불을 밝혀 그의 혼을 기리는 몸이 된다.

즉 '나'에게 고통을 느끼는 것과 글쓰기, 애도라는 행위는 서로 분리되지 않는다. 그리고 이것이야말로 한강 자신이 《소년이 온다》를 써야만 했던 이유이다. 먼저, 이 소설을 쓰는 일은 그 자체로 소년의 혼을 불러내어 위로하는 초혼(招魂) 의식이다. 혼이 된 정대의 말을 빌리자면, 혼은 '죽은 몸 근처에서 어른거리며 서로가 겪었을 고통의 기척을 느끼는 존재'이다. 동호가 외할머니의 임종을 지키며 본 것처럼 아주 약하고 가벼운, 새 같은 무엇이기도 하다. 하지만 그것은 산 자들의 현재에 죽음과도 같은 고통을 몰고 온다는 점에서 결코 가볍지 않다. 한강은 이 고통스러운 초혼 의식을 치러 내며 자신의 몸을 통해 과거와 현재가, 죽은 자와 산 자가 연결되어 있음을 증명하고자 한다.

그리고 그렇게 쓰인 소설을 읽는 독자들의 몸에도 그 고통과 슬픔이 고스란히 전해진다. 동호의 혼이 1980년 5월 광주의 시공간을 넘어 우리가 살아가는 '지금 여기'에 어른거리는 경험을 하게 되는 것이다. 《소년이 온다》에 담긴 한강의 글쓰기는 그렇게 역사와 문학, 개인을 넘어 광주를 둘러싼 일종의 기억 공동체를 형성한다. 이때의 기억은 단순히 과거에 있었던 일을 떠올리는 것만이 아니라 타인의 고통과 연대하려는 능동적인 행위이다. 7장의 '에필로그'에서 '나'는 집필 허락을 구하기 위해 동호의 형을 찾아간다.

그는 '나'에게 동호의 이야기를 쓰되 '제대로' 써야 한다고 말한다. 광주를, 동호를 제대로 쓴다는 것은 무엇인가? 바로 아무도 더는 동호를 '모독할 수 없도록' 쓰는 것이다. 민주화 운동에서 목숨을 잃은 사람들을 조롱하고, 사실 관계를 왜곡하여 항쟁에 참여한 이들을 모욕하는 또 다른 폭력에 맞서는 연대와 저항으로서의 글쓰기다.

그리하여 '나'는 동호의 묘에 촛불을 밝힌다. 이는 그의 이야기를 '제대로' 쓰겠다는 약속이자 동호를 비롯한 죽은 자들을, 그리고 살아서도 여전히 고통받는 이들을 폭력과 훼손으로부터 지키겠다는 선언이다. 그렇게 소설의 마지막에 자리한 '나'의 선언이 1장에서 동호가 죽은 이들 곁에 초를 켜는 장면과 이어지면서, 우리는 인간의 존엄한 부분이 조금씩 모습을 드러내는 걸 본다. 그것은 유리처럼 깨지기 쉽지만, 바로 그렇기 때문에 고통을 감수하고서라도 지켜져야 하는 투명한 영혼이다. 그렇게 이 소설은 더 많은 몸들을 고통과 슬픔으로 연결하며 인간의 존엄을 발견한다. 소설의 안과 밖을 넘나드는 '너'의 혼이 우리를 비롯한 수많은 '나'들을 어둠에서 빛 쪽으로 끌어당기기 때문이다. 고유 명사가 아닌 보통 명사로서, 광주의 이름이 그 한가운데 있다.

작별하지 않는다

《소년이 온다》를 출간한 뒤 한강이 접한 독자들의 반응은 놀라운 것이었다. 그가 책을 쓸 때 느꼈던 고통과 책을 읽고 난 사람들이 토로한 고통이 서로 다르지 않다고 느껴졌기 때문이었다. 학살과 폭력의 참혹함에 휩쓸린 이들의 고통, 그리고 그 기록을 접하며 자신이 느꼈던 괴로움이 소설을 넘어 수많은 사람들의 몸으로도 전해지고 있었다. 이러한 광경은 그에게 인간과 인간성, 고통과 사랑에 대한 또 다른 질문을 안겨 주었다. 우리는 왜 고통스러운가? 그러한 고통은 우리가 인간이라는 사실, 인간적인 부분을 사랑하기에 생겨나는 것일까? 그 사랑이 흔들리고 믿을 수 없는 것이 될 때 우리는 고통을 느끼는 것인가?

《작별하지 않는다》에서 한강은 《소년이 온다》에 이어 한 번 더 국가 폭력의 문제와 그로 인해 고통받은 사람들의 이야기에 주목한다. 1948년부터 한국전쟁기까지 수년에 걸쳐 일어난 제주 4·3 사건은 3만 명에 달하는 무고한 주민들이 목숨을 잃은 국가에 의한 학살이었으나, 좌익에 의한 폭동이라는 누명을 쓴 채 오랫동안 공개적으로 언급되지 못했다. 《소년이 온다》와 마찬가지로 《작별하지 않는다》역시 망자들의 넋을 위로하고 학살의 진실과 그들의 고통을 끝까지 기억하겠다는 선언을 담아낸다. 그러나 이 소설이 특별한 것은, 가장 극단적인 형태의 폭력에 자신의 온 생(生)을 다해 맞선 인간의 사랑을 보여 주고 있다는 점이다.

극심한 고통을 동반한 그 사랑을 감히 소설로 써내려는 작가 본인의 고통 역시 중요한 주제가 된다. 그 괴로움을 이겨 내고 기어코 사랑으로 나아가는 한강의 문학적 움직임이 담겨 있는 소설이라고 해도 좋겠다. 작고 가냘픈 '새'의 모습과 《소년이 온다》에서부터 주목해 온 '혼'을 비롯해, 《흰》에서 중요하게 다뤄졌던 '눈'이 또다시 작품을 구성하는 핵심적인 이미지로 등장한다. 한강은 이 소설로 2022년 김만중문학상을, 이듬해에는 프랑스 메디치 외국문학상을 받았으며, 2024년 프랑스 에밀 기메 아시아문학상을 수상했다.

1. 줄거리와 등장인물

① 줄거리

소설가인 '나(경하)'는 '그 도시의 학살'에 대한 책을 쓴 뒤 몇 년간 제대로 잠을 자지 못한다. 그뿐만 아니라 두통과 위경련 등의 통증에도 시달리고 있다. 그러던 어느 날, '나'는 눈 내리는 벌판에 검은 통나무 수천 그루가 일제히 심겨 있는 꿈을 꾼다. 묘지인 듯한 그곳에 갑자기 바닷물이 차오르기 시작하고, '나'는 쓸려 내려갈지 모를 무덤 속 뼈들을 구해야 한다고 생각하지만 아무것도 하지 못한 채 잠에서 깬다. '나'는 다큐멘터리 영화 감독인 친구 인선에게 꿈의 내용을 영화로 만들자고 제안하지만, 고통에 시달리다 못해 결국 포기하겠다는 말을 전한다.

그러던 어느 날, '나'는 서울의 한 병원으로 와 달라는 인선의 문자를 받는다. 병원으로 달려간 '나'는 그녀가 자신과 이야기했던 다큐멘터리를 위해 나무 자르는 작업을 하다가 손가락이 잘리는 사고를 당했음을 알게 된다. 설상가상 신경이 마비되는 걸 막기 위해 간병인이 3분에 한 번씩 인선의 상처 부위에 바늘을 찔러 피를 내고 있다. 경악한 '나'에게 인선은 제주 중산간에 있는 그녀의 집으로 가 앵무새 '아마'를 돌봐 달라는 부탁을 한다. 망설이던 '나'는 인선의 강경한 태도에 폭설을 뚫고 제주도로 향한다.

어렵게 도착한 제주에는 앞이 보이지 않을 정도의 눈보라가 몰아치고 있다. 한참 만에 인선의 집이 있는 마을로 향하는 버스를 타지만, 이미 날은 어두워진 뒤이다. 눈 쌓인 언덕을 헤치고 오르던 '나'는 비탈에서 굴러떨어지는 바람에 잠시 정신을 잃는다. '나'는 차디찬 눈 속에서 죽음이 가까워짐을 느끼지만, 순간 새가 손끝을 건드리는 듯한 감각을 느끼며 의식을 되찾는다. 그렇게 눈과 추위를 뚫고 겨우 인선의 집에 도착하는데, 앵무새 아마는 이미 죽어 있다. 죽은 새를 나무 밑에 묻고 돌아와 '나'는 홀로 빈 집에 누워 인선의 마지막 작품을 떠올린다.

고통 속에서 눈을 뜬 '나'는 죽은 새 아마가 살아 있는 모습을 발견한다. 아마에게 모이를 주고 공방으로 향하자 그곳에는 인선이 있다. 꿈인지, 현실인지, 실제인지, 환상인지 알 수 없는 상태로 '나'는 인선과 촛불을 놓고 마주 앉는다. 아마의 그림자가 촛불과 함께 일렁이는 걸 보며, '나'는 인선에게서 그녀의 어머니가 해 준 제주 4·3 사건의 이야기를 듣는다. 인선의 어머니인 정심은 평생 실종된 오빠의 유해를 찾는 일을 포기하지 않았다. 인선은 어머니가 돌아가신 후 제주에 홀로 남아 그녀가 생전 해 왔던 작업을 이어 해 오고 있었던 것이다.

인선은 '나'를 데리고 눈 덮인 강기슭으로 향한다. 소리 없이 눈발이 흩날리는 그곳에서 인선은 자신이 그동안 기억을 잃어 가는 엄마를 돌보며 마치 그녀와 한 몸이 되어 가는 것 같았다고 말한다. 외삼촌의 유해를 찾는 일을 계속하다, 학살로 죽은 아이들의 혼이 한꺼번에 오는 걸 느꼈다고도 한다. '나'는 인선의 말을 들으며 죽었거나 죽어 가고 있는 인선이 병실과 이 기슭에, 혹은 자기 자신이 인선의 집과 이곳에 동시에 존재하는 것일지도 모르겠다고 생각한다.

그때 '나'가 들고 있던 촛불이 꺼진다. 불이 사라지자 곁에 있던 인선의 기척도 함께 사라진다. '나'는 재차 성냥을 그으며 불이 밝혀지면 인선의 손을 잡겠다고 생각한다. 마지막으로 부러진 성냥을 다시 긋자 미약한 불꽃이 솟아오른다.

② 등장인물

경하('나')

주인공. 소설가. '학살의 도시'에 대한 소설을 쓴 뒤 몇 년간 글을 쓰지 못하고 있다. 검은 나무들의 꿈을 꾸고 나서 친구 인선과 다큐멘터리 영화를 만들기로 약속하지만, 끝내 포기하고 만다. 인선의 부탁을 받고 앵무새 아마를 살리기 위해 폭설로 뒤덮인 제주 중산간 마을로 향하고, 전기와 수도가 모두 끊긴 인선의 집에서 그녀의 환영을 본다. 인선의 환영으로부터 제주 4·3 사건에 대한 증언과 학살로 오빠를 잃은 그녀의 어머니(정심) 이야기를 전해 듣는다. 정심이 평생 오빠의 유해를 찾기 위해 애썼다는 것, 그리고 인선이 제주에 홀로 살면서 그녀의 작업을 이어받아 해 왔음을 알게 된다.

인선

경하의 친구. 제주 출신의 다큐멘터리 영화 감독이며, 현재는 그곳에서 혼자 목공방을 운영하고 있다. 아홉 살 때 아버지가 제주 4·3 사건 이후의 고문 후유증으로 죽고, 홀어머니인 정심 밑에서 자랐다. 경하가 잡지사에서 일할 때 사진 작업을 함께하며 친구가 되었다. 제주 공항 활주로 밑에서 4·3 당시 피해자들의 유골이 발견되었다는 기사를 접한 뒤, 어릴 적 아버지와의 기억을 구술한 본인의 인터뷰로 영화를 만들었다. 어머니가 죽은 뒤로는 평생 4·3 사건 관련 자료를 모아 온 그녀의 작업을 이어 가고 있다. 경하와 이야기했던 다큐멘터리 영화를 위해 나무를 자르다가 손가락이 잘리는 사고를 당한다. 병원에 찾아온 경하에게 제주로 가 자신이 기르는 앵무새 아마를 돌봐 달라는 부탁을 한다. 이후 경하의 앞에 환영으로 나타나 어머니가 죽기 전 자신에게 들려준 4·3 사건 관련 이야기들을 전한다.

정심

인선의 어머니. 제주 4·3 사건을 직접 겪은 유족으로, 당시 부모님과 동생을 잃었다. 경찰에 끌려간 오빠 정훈이 한국전쟁이 터지면서 대구로 이송되었다는 소식을 듣고 찾아가지만, 끝내 찾지 못한다. 이후 홀로 할머니를 돌보며 현재 인선이 살고 있는 중산간 마을의 집에서 여생을 보냈다. 4·3 때 체포되었다가 모진 고문을 당한 뒤 풀려난 인선의 아버지와 결혼하여 인선을 낳았다. 이후 트라우마에 시달리는 남편과 딸 인선을 돌보는 한편 실종된 오빠의 유해를 찾는 일을 평생 계속했다. 치매로 기억이 점차 사라지기 직전까지도 유해를 찾기 위해 전국을 돌아다녔으며, 4·3 관련 증언과 자료를 꾸준히 모아 왔다. 임종 전까지 딸인 인선에게 자신이 겪은 일들을 들려준다.

인선의 아버지

제주 4·3 당시 가족을 모두 잃고 경찰에게 체포되어 심한 고문을 당했다. 한국전쟁이 터진 후 대구형무소로 이감되었을 때 정심의 오빠 정훈을 만난 적이 있다. 이후 정심과 결혼하였으나, 죽을 때까지 학살의 트라우마에 시달렸다. 고문 후유증인 심근경색으로 사망한다.

2. 고통의 문학적 재현

《작별하지 않는다》를 읽기 위해서는 제주 4·3 사건에 대한 짧막한 이해가 필요하다. 1948년 겨울, 제주에서 벌어진 정부 주도의 민간인 학살은 3만 명에 이르는 사람들을 죽음으로 내몰았다. 좌익 활동을 하는 무장대를 '토벌'한다는 목적으로 이루어진 폭력 진압이었으나, 피해를 입은 건 대부분 아무 관련 없는 주민들이었다. '초토화 작전'이라는 이름처럼 제주 중산간 마을의 약 95%가 불타 없어질 만큼 학살은 참혹했다. 노약자나 어린아이에게도 예외는 없었으며, 살해된 사람들은 들판이나 바다에 함부로 버려지거나 암매장되었다. 죽지 않고 끌려간 사람들조차 한국전쟁이 발발하면서 전국 각지로 강제 이송된 뒤 행방불명되었다.

그러나 이 사건은 오랫동안 '공식적으로' 은폐되어야 했다. 1961년 쿠데타로 정권을 잡은 군사 정부는 4·3 사건을 공공연히 '좌익 폭도들의 반란을 정부가 진압한 사건'으로 취급했다. 학살로 목숨을 잃거나 고문의 피해자가 된 무고한 사람들조차 애도는커녕 언급도 될 수 없는 존재였다. 이러한 금기와 검열은 문민정부가 들어설 때까지 계속되었으며, 이때까지도 제주도 외 지역에서는 4·3에 대해 아예 알지 못하는 사람들도 많았다. 4·3 사건에 대한 공식적인 조사가 이루어진 것은 2000년 4·3 특별법이 제정되고 진상규명위원회가 출범한 이후부터이며, 피해자들의 권리 회복과 유해 발굴 작업은 현재에도 여전히 진행 중이다.

《작별하지 않는다》에서 한강은 인물들의 입을 빌려 학살의 참상을 전하고 망자들의 넋을 애도한다. 또한 이 소설은 《소년이 온다》와 마찬가지로 작가 본인을 연상시키는 인물이 촛불을 켜는 장면으로 끝난다. 그래서인지 《작별하지 않는다》는 역사적 비극에 대한 소설, 죽은 자들을 애도하기 위해 쓴 소설이라 평가되곤 한다. 4·3뿐 아니라 비슷한 시기에 벌어졌던 보도연맹 학살, 경산 코발트 광산 학살 등 국가 폭력 사건을 고발하며 유족들의 아픔을 짚어 낸다는 점에서 그러한 평가는 합당하다. 특히 《소년이 온다》를 쓴 작가 자신을 서술자 '나(경하)'에 투영해 소설을 쓴 뒤의 후유증을 고백하는 전반부의 구성을 보면, 두 작품이 형식적·내용적으로 서로 이어져 있음을 알 수 있다.

하지만 《작별하지 않는다》를 《소년이 온다》의 연장선으로만 파악하는 것은 이 소설의 문학적 의의나 위상을 탐색하는 데 충분하지 않다. 우선 두 작품은 5·18 광주 민주화 운동, 제주 4·3 사건이라는 실제 사건을 소설 안으로 불러들이는 방식에서 다소 차이를 보인다. 《소년이 온다》에서 한강은 1980년 5월 광주에서 일어난 학살의 현장을 중심으로, 그 저항에 참여했던 생존자들의 내면과 증언을 직접 옮기는 방식으로 소설을 썼다. 그리고 마지막 장인 '에필로그'에서 소설을 쓴 작가 본인을 등장시켜 죽은 자를 향한 애도와 소설 쓰기가 직접적으로 연결된다는 것을 보여 주었다. 이에 따라 인물들이 토로하는 고통이 작가 본인의 고통으로 옮겨 오고, 그것을 다시 독자들에게 옮겨 가게 함으로써 슬픔과 애도를 확장해 나갔다.

물론 《소년이 온다》와 《작별하지 않는다》는 학살의 참상을 사실적으로 재현하기 위한 소설이 아니라는 점에서 공통점을 가진다. 두 작품이 핵심적으로 포착하는 것은 사건을 둘러싼 인물들의 고통이다. '다시 나타남'이라는 뜻의 재현(representation)은 문학·예술 작품 속에 어떤 사물이나 현상을 담아낼 때 사용되는 용어로, 그 방식이나 태도에 따라 작품의 의미와 구성 또한 달라질 수밖에 없다. 《소년이 온다》에서 1980년 5월의 광주는 그 사건을 직접 겪은 등장인물들의 기억, 죽어 혼이 된 자의 목소리로 '다시 나타난다.' 반면 《작별하지 않는다》에서 재현되는 4·3은 소설 속에 인용된 증언 자료들이나 사건과 직접적으로 관련이 없는 '인선'의 목소리를 통해 전달된다. 학살로 가족을 잃은 '정심'이 해 온 끈질긴 애도의 작업이 딸인 인선에게로, 그리고 소설의 서술자인 경하에게로 이어지는 과정 자체에 집중하고 있는 것이다.

특히 이 소설에서 4·3 사건이 본격적으로 다뤄지는 것은 총 3부로 구성된 소설의 2부부터라는 점에 주목할 필요가 있다. 전체 분량의 약 절반을 차지하는 소설의 1부는 경하가 폭설을 뚫고 제주 중산간에 위치한 인선의 집으로 향하는 여정을 다루고 있다. 한강은 이 소설의 구성을 설명하면서 1부는 그러한 횡(橫)적인 길을, 2부는 경하가 인선의 환영과 함께 1948년 벌어진 학살과 죽음의 시간으로 가라앉는 수직의 길을 그린다고 말한 바 있다. 즉 《작별하지 않는다》에서 그는 주인공 경하가 4·3 사건의 중심으로 다가가기까지의 길을 꽤 공들여 그려 내고 있는 것이다. 심지어 고군분투 끝에 겨우 도착한 인선의 집에서 경하는 서울에 있어야 할 인선의 환영과 마주한다. 즉 학살과 죽음에 대한 이야기가 비로소 시작되는 곳이 꿈과 현실, 환상과 실제, 이승과 저승을 구분할 수 없는 불분명한 영역인 셈이다.

따라서 《작별하지 않는다》는 압도적인 폭력의 참혹함과 피해자들의 고통을 들여다보기 위한 한강의 소설적 시도이자, 그 과정에서 작가가 겪은 고통과 어려움을 담아낸 작품이라고 할 수 있다. 독자들은 '나'를 따라 인선의 이야기를 만나며 사건의 진실, 그리고 그것에 접근하려는 현재 시점 우리의 한계와 슬픔을 동시에 느끼게 된다. 1948년부터 수년간 제주에서 벌어진 민간인 학살은 오랫동안 공식 역사로서 기록되거나 언급될 수 없는 사건이었다. 애도(哀悼)란 누군가의 죽음을 슬퍼한다는 뜻이므로, 애도가 가능하기 위해서는 그 대상의 삶이 실제로 시작되어 죽음으로써 끝난 것으로 여겨져야 한다. 그러나 4·3 사건과 같이 애도가 금지된 죽음의 경우 망자의 삶 자체가 처음부터 존재하지 않았던 것임을 전제로 한다. 살아 있어도 죽은 존재이고 죽었어도 죽지 않은, 즉 처음부터 살았던 적이 없는 존재인 이들에 대한 애도는 어떻게 가능한 것인가?

이 질문에 응답하기 위해 한강은 인간의 한계까지 나아간 사랑의 한 형태를 보여 주려 했다. 이제까지 살펴본 것처럼 한강 소설에서 삶과 죽음은 서로 분리되어 있지 않다. 나의 삶은 나 아닌 누군가의 죽음과 반드시 연결되어 있으며, 그 사실을 고통스럽게 깨달을 때 비로소 인간의 존엄한 부분이 열린다. 인간의 본질이 무엇이냐 묻는 질문으로부터 그러한 존엄으로 한 발씩 나아가려는 움직임이 《소년이 온다》였다면, 《작별하지 않는다》는 그 존엄을 끝까지 믿을 수 있는 방법이 무엇인지를 묻는다. 무엇이 우리를 존엄하고 귀한 존재로 만드는가? 우리가 끝내 인간으로 남기 위해서는 어디까지 나아가야 하는가? 즉, 한계까지 밀어붙인 사랑의 형태가 존재하는가? 바로 이것이 이 소설을 이끌어 가는 핵심 질문들인 것이다.

그리하여 《작별하지 않는다》에서 한강은, 죽은 자들의 고통을 함께 느끼는 데서 한 발 더 나아가 스스로 삶과 죽음의 경계 속으로 걸어 들어간다. 인간이지만 인간이 아닌, 산 것도 죽은 것도 아닌 이들이 머무는 그곳은 혼의 영역이다. 우리는 앞서 《소년이 온다》에서도 '혼'에 대한 사유가 중요하게 다뤄졌음을 확인했다. 《작별하지 않는다》는 이를 더욱 밀어붙여, 삶과 죽음이 뒤바뀌는 아주 짧은 찰나의 영역에 머무는 존재로 '혼'을 불러낸다. 생(生)과 사(死)의 갈림길에서 '나(경하)'는 그들의 기척을 느낀다. 그리고 그곳에서 인선의 환각을, 그리고 그녀의 이야기 속에서 불려 나오는 망자들의 고통을 마주하게 된다.

그렇게 경하가 마주한 압도적인 고통은 언어로 재구성할 수 없는 어떤 것이다. 즉 그것은 매끄럽고 논리적인 재현의 대상이 될 수 없으며, 가까스로 소설 속에 옮겨 놓더라도 독자들에게 충분히 전달될 수 없다. 한강은 이 불가능함을 기꺼이 받아들이며 환상(혼)의 영역을 끌어들여 인간이 끝까지 인간으로 남기 위해 무엇이 필요한지를 확인하려 한다. 이전 작품인 《희랍어 시간》에서 두 인물이 마침내 서로에게 접촉하는 순간 어둠과 정적에 둘러싸여

있었던 것처럼, 《작별하지 않는다》가 주목하는 사랑 역시 깊은 바
닷속처럼 어둡고 고요한 곳에서 발견된다. 동시에 그곳은 차마 표
현할 수 없는 거대한 고통과 죽음들이 자리하는 어둠이다.

그러한 어둠, 심해 속에서 경하와 인선은 촛불을 밝힌다. '밤'이
라는 제목의 2부에 이어지는 3부의 제목 '불꽃'은 그러한 어둠 속
에서 희미하게 타오르는 촛불을 가리킨다. 《소년이 온다》와 마찬
가지로 이것은 죽은 자들을 향한 애도와 위로의 표시이기도 하지
만, 한편으로는 가장 깊은 어둠으로부터 비로소 가능해지는, 죽음
에 가까운 고통의 한계에서 발견되는 지극한 사랑을 보여 주는 것
이기도 하다. 인선의 어머니인 정심이 온 생을 다해 보여 준 사랑
이 바로 그것이다. 사랑하는 이의 장례를 치러 주고자 평생 그의
흔적을 찾아, 온몸을 파고드는 고통과 싸우면서도 멈추지 않았던
사람. 그녀가 보여 준 사랑은 딸인 인선에게, 그녀의 친구 경하에
게 이어지면서 결코 끊어지거나 끝나 버리지 않는다. 부러진 성냥
에서 기어코 피어오르는 마지막 장면의 불꽃처럼.

따라서 《작별하지 않는다》가 더듬어 찾는 사랑의 모습은, 극심
한 고통을 동반하지만 그러한 고통 속에서조차 꺼지지 않는 끈질
긴 촛불 같은 것이다. 그것은 작고 연약하지만, 눈 속의 지독한 차
가움과 고독을 견디며 끝내 죽은 이와 작별하지 않는다. 이 점을
생각하며 폭설이 내리는 제주도 속 경하의 여정을 먼저 살펴보도
록 하자.

3. 새와 몸

소설의 1부는 몇 년 전 경하가 꾼 꿈의 내용으로부터 시작한다. 꿈 속에서 그녀는 눈 내리는 벌판에 수천 그루의 검은 통나무가 심겨 있는 것을 본다. 나무마다 그 아래에 무덤들이 있었으므로 검은 나무는 묘비고, 드넓은 그곳은 묘지다. 그때 지평선인 줄 알았던 벌판 너머에서 바닷물이 밀려들어 오기 시작한다. 경하는 아래쪽 무덤에 묻힌 뼈들이 물에 잠기는 장면을 보며 위쪽 무덤의 뼈들이라도 구해 내야 한다고 생각하지만, 그녀에게는 도와줄 사람도 도구도 없다. 있는 힘껏 뛰어 보지만, 그녀는 결국 아무것도 하지 못한 채 깨어나고 만다.

4년 전 꾼 이 꿈의 내용을 다큐멘터리 영화로 만들어 보자고, 경하는 친구 인선에게 제안했었다. 그러나 끊임없는 악몽과 통증으로 괴로워하던 그녀는 이내 프로젝트를 포기하기로 결심한다. 연락을 받은 인선은 이미 나무를 모두 모았다고, 혼자서라도 계속하고 있겠다고 말한다. 아픈 어머니를 돌보러 제주로 내려갔던 인선은 어머니가 돌아가신 뒤에도 서울로 돌아오지 않고 제주에서 홀로 목공방을 운영하며 살아왔다. 경하는 인선이 프로젝트를 계속하려는 이유도, 제주를 떠나지 않는 이유도 이해하지 못한다.

그러던 어느 날, 인선에게서 서울의 병원으로 와 달라는 문자가 온다. 병원으로 달려간 경하는 인선이 자신과 약속한 프로젝트를 위해 나무를 자르는 작업을 하던 중 손가락이 잘리는 사고를 당했음을 알게 된다. 문제는 신경이 죽지 않도록 수술로 봉합된 상처를 3분에 한 번씩 바늘로 찔러야 한다는 것이다. 끊임없이 피가 흐르고 통증을 느껴야 잘린 윗부분의 손가락이 죽거나 썩지 않을 수 있기 때문이다. 그러나 인선은 이를 악물고 통증을 견디면서도 그것을 포기하지 않는다. 괜찮겠냐는 경하의 물음에 일단 계속해 보겠다는 그녀의 대답은 검은 나무들의 꿈을 영화로 만드는 일을 끝내 그만두지 않은 인선의 고집과 겹쳐진다. 그녀는 왜, 어떻게 포기하지 않을 수 있었던 것일까?

여기서 손가락이 잘린 채 병원으로 실려 가면서 경하가 쓴 책을 떠올렸다는 인선의 말을 주의 깊게 살펴볼 필요가 있다. 기절할 만큼의 고통을 느낀 순간 인선은 K시에서 벌어진 학살과 살해당한 이들의 고통을, 그리고 그에 비견될 만큼 참혹하고 고통스러운 일들과 그로 인해 죽은 사람들을 떠올린다. 고작 손가락 하나가 잘려도 죽고 싶을 만큼 아픈데, 정말로 죽어 버린 그 사람들은 얼마나 아팠던 것일까, 하고.

뒤이어 인선은 경하에게 지금 당장 폭설이 내리는 제주 중산간 마을의 자기 집으로 가 달라고 말한다. 혼자 남은 자신의 앵무새 '아마'가 죽을지도 모르니 가서 보살펴 달라는 것이다. 제주에 아는 사람이 없는 것도 아니고, 평소 인선이 무리한 부탁을 하는 성격도 아니었기에 경하는 그녀를 여전히 이해할 수 없다.

소설은 1부가 진행되는 내내 인선이 왜 경하에게 이런 부탁을 했는지, 무엇 때문에 검은 나무들의 영화를 만드는 프로젝트를 포기하지 않는지 알려 주지 않는다. 다만 그녀의 말대로 제주 중산간 마을로 향하는 경하의 여정이 지독하게 고통스럽다는 점을 부각할 뿐이다. 계속되는 두통과 위경련, 앞이 보이지 않을 정도의 눈보라는 경하를 더욱 고독하고 막막하게 만든다. 아무리 기다려도 버스는 오지 않고, 애써 올라탄 막차는 그녀를 마을 어귀에 내려 준 후 떠나 버린다. 해가 져 어두워진 눈길은 위치나 방향조차 가늠할 수 없다. 심지어 발을 잘못 디뎌 강 근처로 굴러떨어진 경하는 휴대폰도 잃어버린 채 눈 속에 완벽하게 고립되고 만다. 설상가상 온몸을 조여 오는 통증이 그녀를 끊임없이 괴롭힌다. 극심한 추위와 고통 속에서 정신이 흐릿해짐을 느끼며 경하는 생각한다. 잠들고 싶다고.

눈 속에 조난당한 이가 잠드는 것은 명백한 죽음의 신호다. 그 생사의 갈림길에서 그녀의 의식을 깨운 것은 손끝을 두드리는 어떤 작고 약한 '감각'이다. 가느다란 맥박 같은 그것은 언젠가 인선의 집을 방문했을 때 새들이 그녀의 손가락 끝에 남겼던 감촉과도 연결된다. 아주 약하고 가냘프지만, 생명이 있음을 암시하는 그것. 그 감각과 체온이 꺼져 가는 경하의 의식을 되살린다.

겨우 몸을 일으킨 그녀는 왔던 길을 되짚어가기 시작한다. 무섭게 퍼붓는 눈이 그녀가 넘어져 빠졌던 흔적, 걸어가고 있는 길의

발자국들을 모두 덮는다. 그리하여 마치 그곳에 처음 온 사람처럼 경하는 걷는다. 걸으며 손가락 끝의 감각이 차츰 손바닥으로 번져 가는 걸 느낀다.

그것은 언젠가 아마의 따뜻한 목덜미를 쓸어 주었던 기억과 연결되며 그녀의 몸에 온기를 불어넣는다. 피부와 피부가 맞닿는 접촉의 경험은 '몸'에 대한 인식이자 서로의 살아 있음을 확인하는 일이다. 하지만 몸은 그 자체로 한없이 깨지고 부서지기 쉬운 것이기도 하다. 살아 있음을 증명하는 동시에 언제든 죽을 수 있는 취약함을 지니고 있다는 점에서 몸은 모순적이다. 한강은 그러한 몸의 모순성이 극대화될 때, 즉 가장 취약해진 육체의 극심한 고통 속에서 사랑의 가능성을 발견하는 듯하다. 눈 속에 고립된 경하가 살아 있는 새와 피부를 맞대었던 감각을 떠올리는 것처럼, 그리하여 그 새의 목숨을 구하기 위해 포기하려던 삶과 고된 여정을 다시 시작할 수 있었던 것처럼.

그런데 왜 하필이면 새인가? 새의 이미지는 한강의 이전 작품들에서도 꾸준히 등장한 것이지만,《작별하지 않는다》의 새는 두 가지 의미에서 중요한 역할을 한다. 첫째는 아주 가볍고 연약해 덧없이 사라져 버릴 수 있는 존재라는 점, 둘째는 양쪽 눈이 같은 것을 보지 않기 때문에 동시에 두 개의 시야를 본다는 점에서다. '새'라는 제목이 붙어 있는 소설의 1부에서 두드러지는 것은 전자, 새가 지닌 '덧없음'이라는 속성이다. 인선의 말에 따르면 새들은 아무리 아파도 겉으로는 알아볼 수 없고, 건강한 듯 횃대에 앉아 있다가 한순간에 죽어 버린다. 깨어 있다가 잠들 때조차 불이 꺼지듯 단숨에 의식을 잃는 것이 새이다. 닿자마자 순식간에 녹아 버리는 눈송이처럼.

따라서 새는 삶과 죽음, 현실과 꿈이 거의 구분할 수 없을 만큼 가깝게 붙어 있는 존재이다. 그러한 새와의 접촉, 그 미약한 감각으로 의식을 되찾은 경하가 향하는 곳이 인선의 집이라는 점에 주목해 보자. 가까스로 도착한 인선의 집에서 경하는 앵무새 아마가 이미 죽어 있는 것을 발견하고 마당에 묻는다. 그리고 수도도, 전기도 모두 끊겨 암흑뿐인 그곳에서 잠시 정신을 잃는다. 깨어나 보니 분명 죽었던 아마는 살아 있고, 서울에 있어야 할 인선이 목공방에서 그녀를 기다리고 있다. 상태가 위급해져 삶과 죽음의 경계를 헤매고 있을지 모르는 인선이 환영으로 나타난 것이다.

즉 제주 중산간에 위치한 인선의 집은 환각의 세계, 혼의 영역, 꿈인지 생시인지 알 수 없으며 삶과 죽음이 동시에 존재하는 불분명한 경계의 공간이다. (4·3 당시 중산간 마을 대부분이 불타 폐허가 되었음을 생각해 보자.) 그 경계 자체를 상징하는 새의 몸은 안내자 또는 길잡이가 되어 경하를 그곳으로 이끌었던 것이다. 새의 기척과 온기를 느끼는 경하의 몸은 나 아닌 다른 존재의 몸을 향해 열려 있는, 노출된 몸이다. 그렇기에 언제든 부서질 수 있을 만큼 취약하며, 동시에 다른 이의 고통과 위험에도 민감한 몸이다. 새의 목숨을 위해 자신의 목숨을 거는 경하의 선택은 그러한 몸의 민감성과 맞닿아 있다. 그리고 그것은 자신의 몸을 포함한 세계의 모든 존재들이 서로 연결되어 있음을 깨닫는 경지로 나아간다.

연결과 순환의 상상력은 《작별하지 않는다》를 이루는 핵심적인 테마이기도 하다. 소설을 쓰는 동안 한강이 메모해 둔 다음의 내용을 참고해 보자. "역사 속에서의 인간과 우주 속에서의 인간. 바람과 해류. 전 세계를 잇는 물과 바람의 순환."('노벨문학상 수상 강연문'에서) 물은 바람을 타고 모든 시공간을 넘어 순환한다. 그리하여 소설은 쓰러진 경하의 얼굴에 쏟아지는 눈이 70년 전 그곳에서 무참히 학살당한 사람들의 얼굴 위에 내려앉던 눈송이일지도 모른다는 통찰에 이르게 된다. 손가락이 잘려 나가는 고통 속에서 인선이 문득 죽은 자들의 파괴되고 찢어진 몸을 떠올렸듯이, 눈 속에 누운 경하의 아픈 몸은 고통이 뚫고 나간 이들의 죽은 몸을 상상한다. 그로써 이곳(현재)의 산 자와 저곳(과거)의 죽은 자가 서로 연결되며, 비로소 그들의 고통에 가까이 다가갈 수 있는 길이 열린다.

그리하여 경하는 죽음을 등지고 다시 일어설 수 있었던 것이다. 고통의 감각을 느낄 수 있는 몸, 타인의 죽음과 고통을 어루만지고 옮겨 받을 수 있는 몸으로 한 발씩 나아갔던 것이다. 감히 재현할 수 없는 고통의 증언과 학살의 기록에 다가가기 위해서는 그런 몸이 필요하기에. 3분에 한 번씩 바늘이 꽂혀, 멈추지 않고 피 흘리는 인선의 잘린 손가락처럼.

그렇다면, 어떻게 인선은 그 지독한 통증을 견딜 수 있었던 것일까? 검은 나무들이 묘지를 이룬 그 꿈에 대한 영화를, 왜 포기하지 않았던 것일까? 이를 알기 위해서는 인선의 이야기를 들어 보아야 한다.

4. 꿈과 혼

'밤'이라는 제목이 붙은 소설의 2부에서 인선의 집에 고립된 경하는 고열에 시달리며 의식이 혼미해짐을 느낀다. 그때 검은 나무들의 악몽이 다시금 그녀를 찾아온다. 4년 전 처음 꾸었던 꿈은 검은 통나무 수천 그루가 심긴 벌판에 바닷물이 밀려들어 오는 꿈이었다. 나무 밑에는 이름 모를 무덤들이 있었고, 그 무덤의 뼈들이 쓸려 갈까 봐 힘껏 뛰어 보지만 결국 아무것도 하지 못한 채 깨어났던 꿈. 그런데 수도도 전기도 모두 끊긴 인선의 집에 홀로 누운 그녀가 사경을 헤매며 다시 꾸는 꿈은 거꾸로 벌판에서 바닷물이 빠져나가는 꿈이다. 물이 빠진 곳에는 검은 현무암의 사막이 펼쳐진다. 뒤를 돌자 산봉우리에 빼곡히 심긴 검은 나무들이 사막을 내려다보듯 서 있다. 경하는 그들이 죽었다는 것을 알지만 끝내 소리 내어 말하지 않는다.

이윽고 꿈에서 깨어났다고 생각했으나, 새장으로 다가가자 죽은 아마가 되살아나 있다. 그리고 비어 있던 목공방 안쪽에서 인선이 모습을 드러낸다. 꿈인가, 생각하면서도 경하는 새삼 놀라거나 그들을 거부하지 않는다. 죽었다기에는 아마가 멀쩡히 모이를 먹고, 꿈이라기에는 인선이 끓여 준 잎차가 뱃속을 따뜻하게 덥히는 느낌이 너무 생생하기 때문이다. 죽은 자신이 인선을 찾아온 것일까? 아니면 죽은 인선이 살아 있는 그녀를 찾아온 것일까? 소설은 이 부분에서 무엇이 환상이고 실재인지, 꿈과 현실의 경계가 어디인지, 누가 살고 누가 죽었는지를 의도적으로 밝히지 않는다. 초점 화자이자 서술자인 경하를 따라 소설을 읽어 온 독자들조차 무엇이 실제로 일어난 일인지 구분할 수 없다. 어쩌면 이 모든 일이 처음부터 통증에 시달리던 경하가 꾼 꿈일지도 모른다.

하지만 그런 것은 중요하지 않다. 정말로 중요한 것은, 그 모든 경계가 허물어져 있다는 사실뿐이다. 두 사람이 새들과 함께 마주 보고 앉은 곳은 현실과 꿈, 삶과 죽음 사이를 어른대는 혼의 세계다. 살아 있는 존재가 느낄 수 있는 고통의 극한이자, 삶과 죽음이 지나치게 가까워져 별개의 영역으로 분리할 수 없게 되는 찰나의 순간이다. 그곳에 이르러 비로소 경하는 인선으로부터 70년 전 제주에서 있었던 학살과 폭력, 그것을 직접 겪은 이들의 오래된 고통을 전해 듣게 된다. 4·3 당시 가족을 잃고 평생 학살의 트라우마와 고문 후유증에 시달렸던 인선의 아버지, 실종된 오빠의 유해를 찾는 일을 단 한 번도 그만두지 않았던 어머니의 이야기, 그리고 그들에 이어 인선이 이제껏 모아둔 4·3 관련 증언과 자료들이 모습을 드러낸다.

그런데 왜 하필이면 경하였을까? 경하 스스로도 그것에 의문을 품었다. 그녀와 인선은 오랫동안 연락하지 않았고, 폭설을 뚫고 제주도로 향할 만큼 그녀가 인선의 앵무새들을 사랑한 것도 아니다. 이때 살펴봐야 할 것은 경하가 꾼 꿈의 내용, 그리고 인선이 포기하지 않았던 검은 나무들의 영화다. 촛불을 사이에 두고 인선과 대화를 이어 나가던 경하는 자신도 모르게 그 꿈에 대해서 말한다. 악몽은 모든 것을 폭로하기에 '수치스러운' 것이라고. 수년간 그녀를 괴롭혔던 악몽의 근원은 바로 그 수치심이었다. 이미 죽어 버린 나무들을 구할 수 없고, 바닷물에 잠긴 무덤들을 보면서도 뼈들을 구해 낼 수 없으며, 그렇게 황폐해진 사막으로 자신을 끌어당기는 꿈의 힘을 감당할 능력이 없는 자신에 대한 수치심과 죄의식이 그녀를 괴롭혀 왔던 것이다.

이는 《소년이 온다》에 이어 또다시 마주친, 학살과 죽음들 앞에서 작가 한강이 느꼈을 글쓰기의 어려움이기도 하다. 경하가 꾼 검은 나무들의 꿈은 《소년이 온다》를 써낸 해에 한강 본인이 꾼 꿈의 내용이며, 그는 경하라는 인물을 통해 제주 4·3 사건이라는 참혹한 폭력과 고통을 또 한 번 마주하려 하고 있기 때문이다. 너무나 무수한 죽음들, 기록되지도, 호명되지도, 애도되지도 못한 채 그저 '검은' 묘비와 함께 솟아 있는 무덤들을 경하는 구해 낼 수 없다. 어쩌면 타인의 고통에 민감하게 열려 있는 몸이기에 그 참혹함을 차마 들여다볼 수 없었을지도 모른다. 그렇다면 무엇이 그녀를, 그리고 작품 바깥의 작가 본인을 이러한 실패로부터 계속 나아가게 하는가?

악몽의 괴로움을 호소하는 경하에게 인선은 단호하게 말한다. 너는 혼자가 아니며, 너에게는 내가 있다고. 이 지점에서 인선의 실패와 경하의 실패는 서로 교차하며 새로운 가능성을 만들어 낸다. 기억을 점차 잃어 가는 엄마를 돌보았던 인선은, 자신을 어린 그녀를 구하러 온 어른이라고 착각하는 엄마에게 어떤 도움도 줄 수 없었다. 정심이 구해 달라고 속삭일 때마다 스스로의 무력함을 뼈저리게 실감할 수밖에 없었다. 생을 지배한 깊은 고통 속으로 끝없이 빠져드는 엄마를 그녀는 구하지 못했으며, 사라지는 정심의 기억을 돌려세울 수도 없었다. 검은 무덤 속 뼈들을 구하지 못해 괴로워했던 경하처럼, 그녀 역시 자살 충동을 느끼며 일상을 뒤덮은 죽음의 그림자들을 지켜보아야 했다.

그런 인선을 도왔던 것은 혼들의 기척이었다. 정심이 죽은 뒤에도 계속되는 고통에 시달리던 인선은, 정심이 남긴 4·3 사건 관련 자료들을 탐색하고 외삼촌의 유해를 찾기 위한 새로운 자료를 수집하기 시작한다. 그 과정에서 인선은 서서히 자신을 잃어 가고 있다고 느낀다. 압도적인 고통과 참혹함의 증거들이 그녀의 몸을 잠식한다. 그렇게 인선은 이전과는 다른 존재, 어쩌면 죽은 엄마

의 혼을 지닌 사람이 되어 간다. 그리고 그녀가 읽은 자료들 속 숱
한 피해자들의 유골, 그리고 아직도 수많은 곳에 묻혀 있는 죽은
자들의 혼이 그녀를 찾아왔음을 느낀다. 그제야 인선은 비로소 경
하가 제안한 프로젝트를 시작할 수 있게 된다. 검은 나무들 아래
수천 개의 무덤을 향해 바닷물이 밀려드는 꿈에 관한 영화를.

그렇게 인선은 경하를 돕기 위해 찾아왔던 것이다. 어른거리는
혼의 기척으로, 두 사람을 연결한 가느다란 실을 타고, 경하에게
포기하지 말라고 말해 주기 위해서. 아니, 인선은 반대로 경하의
어른거리는 모습이 자신을 찾아왔다고 말한다. 어쩌면 경하의 혼
이 인선을 불러낸 것일지도 모른다. 4·3이 상징하는, 감히 들여다
볼 수조차 없는 압도적인 고통으로 한 발짝 더 다가가기 위해서.
극심한 고통 속에서야 비로소 접근이 가능해지는 학살의 진실로
자신을 이끌어 주기를, 유골의 모습으로 묻혀 있는 죽은 자들의 혼
과 자신을 연결해 주기를 바라면서.

무수한 죽음과 고통의 기록을 마주하게 된 경하에게 인선은 묻
는다. 이제는 조금 따뜻해지지 않았느냐고. 경하는 대답 대신, 인
선이 꺼내 놓은 유골들의 사진 위에 손을 얹는다. 거대한 폭력에
휩쓸린 이들의 고통을 직접 겪어 보지 않은 자들은 결코 알 수 없
다. 알 수 없으므로 함부로 설명하거나 말할 수도 없다. 그러나 경
하는 이제 그것이 두려워 외면하거나 죽음으로 도피하지 않는다.
더는 혼자가 아니기 때문이다. 그녀의 곁에는 인선의 기척이, 공기

중에 어른거리는 무언가가 있다. 그리하여 그녀는 손을 뻗는다. 조심스럽게 사진을 어루만지며 죽은 자들의 혼에 다가간다. 깊은 바닷속의 어둠과 정적 속에서.

5. 작별하지 않는다

소설의 처음으로 돌아가 보자. 불면과 악몽에 시달리며 고통스러운 나날을 보내던 경하는 마침내 유서를 쓰기로 한다. 수신인이 없는 유서를 써 놓고 죽음을 기다리던 어느 여름날, 불현듯 그녀는 죽음의 꿈에서 빠져나와 생생하게 움직이는 삶의 세계와 직면한다. 그로 인해 어쨌든 살아야겠다고 생각한 순간부터 그녀를 사로잡은 것은, 유서를 새로 써야 한다는 생각이다. 그날부터 경하는 이미 써 놓은 유서를 찢어 버리고 처음부터 다시 쓰는 일에 매달린다. 매일 새벽, 그녀는 작별의 편지를 다시 쓴다. 그렇게 작별은 완수되지 못하고 계속 되풀이된다.

'작별하지 않는다'라는 소설의 제목을 떠올려 보면, 유서를 끝내 완성하지 못하는 경하의 모습은 꽤 의미심장하다. 삶이 지나치게 고통스러운 나머지 죽음으로써 모든 것을 끝내겠다는 완전한 작별의 편지가 끊임없는 실패를 통해 다시 시작되고 있기 때문이다. 다시 말해 경하는 매일 죽고 싶다는 생각과 싸우며 자신의 삶과 그것을 둘러싼 모든 것과의 작별을 시도해 왔다. 하지만 '진짜' 작별 인사가 '제대로' 쓰이기 전까지는 작별은 끝날 수 없다. 어쩌면 그것은 이 소설을 쓰기 시작한 한강의 다짐이 아니었을까? 꺼내어지지도, 치러지지도 못했던 작별의 인사를 '제대로' 다시 하자는 다짐이?

이와 동시에 던져져야 하는 질문은 이런 것이다. 경하는 꿈속의 뼈들을 모두 구해 낼 수 있을까? 빠르게 들이차는 바닷물을 막을 수 있을까? 그녀가 그토록 괴로웠던 이유는 그녀 자신이 죽은 자들의 고통을, 그리고 남겨진 이들의 슬픔을 함께 겪고 느끼는 열린 몸을 가졌기 때문이다. 따라서 경하는 여전히 왜곡과 은폐의 폭력에 시달리는 그들을 구해 내야 한다는 책임을 느끼고 있다. 그러나 인선이 정심의 기억을 돌이킬 수도, 기억 속의 어린 그녀를 구해 낼 수도 없었던 것처럼, 수천 개의 무덤을 혼자서 맨몸으로 구해 낸다는 것은 애초부터 불가능한 일이 아닌가? 그러니까 작별 인사를 '제대로' 다시 쓴다는 것은, 나 자신의 고통스러운 한계를 받아들이고 인정한 뒤에, 그럼에도 불구하고 결코 포기하지 않겠다고 선언하는 일이 아닌가? 희미하게 어른거리는 혼들의 기척에 몸을 기울이면서?

결국 매일 새롭게 다시 쓰이는 작별 인사는 작별을 영영 끝내지 않겠다는 다짐과 의지로써 이루어지는 것이다. 죽은 앵무새 아마를 묻고 나서 정신을 잃었던 경하는 어두운 목공방에서 인선의 환영을 본다. 그리고 그녀를 따라 집으로 들어가자, 식탁에 켜 놓은 촛불 너머 흰 벽에 새의 그림자가 있다. 놀라는 경하에게 인선은 죽은 아마가 나타난 것이니 괜찮다고 말한다. 마치 혼처럼 너울거리는 그림자 너머로 손을 뻗어 새의 몸을 만지려는 순간, 환청 같은 소리가 들려온다. 아마가 살아 있을 때 인선을 따라 되풀이하던 말이다. '아니, 아니.' 무엇이 아니라는 걸까? 환상 속에서 실제로 존재하는 것을 찾지 말라는 말이거나, 혹은 혼들을 향해 소원을 빌었다가 금세 부정해 버리곤 하던 인선의 혼잣말일 것이다. 어쩌면 둘 다일지도 모른다.

엄마를 구할 수 없었던 자신의 무력함에 고통스러워하던 인선 역시 죽음을 원했다. 모든 삶과 모든 고통, 죄의식과의 완전한 작별을 그녀도 바랐던 것이다. 그러나 죽은 새가 반복해 말하듯이, 혼의 세계에서 경하가 듣는 '아니'라는 환청은 그러한 작별을 금지한다. 포기하지 말 것. 그만두지 말 것. 아무리 고통스러워도 그러한 고통과 삶을 한 번에 끌어안으며, 무고한 이들의 무수한 죽음을 잊지 말고 기억할 것.

뒤이어 인선의 이야기 속에 등장하는 정심은 그런 의미에서 이 소설의 진짜 주인공이기도 하다. 실종된 오빠의 장례를 치르기 위해 평생 그의 유해를 찾아다닌 정심이야말로 삶을 뒤덮은 죽음 속에서조차 결코 '작별하지 않은' 사람이기 때문이다. 사랑하는 이들의 몸을 짓밟고 훼손한 폭력을, 그러한 폭력이 있었다는 사실조차 말할 수 없었던 극한의 고통을 정심은 잊지도, 피하지도 않았다. 대신 죽은 자들을 모욕하고 사실을 은폐하려는 또 다른 폭력과 싸우며 절대로 포기하지 않았을 뿐이다. 그녀는 연결되어 있었다. 혹은 그녀 스스로가 죽은 자와 산 자, 과거와 현재를 연결하는 가느다란 실이 되고자 했다.

'누군가와 함께 있는 것 같다'는 인선의 말은 이 지점에서 중요하게 살펴보아야 한다. 죽은 새들이 왔다 간 뒤에도 인선은 뭔가가 남아 있다고, 제주 공항 활주로 밑에서 수백 구의 유골들이 발견되었다는 기사를 본 뒤로는 늘 그렇게 느껴 왔다고 말한다. 그렇게 죽은 자들과 함께 지내는 동안 그녀는 정심을 돌봤고, 엄마의 고통을 막아 줄 수 없다는 괴로움에 차라리 죽기를 원했으며, 엄마와 작별한 이후 불현듯 그녀의 작업을 이어받아 학살의 기록과 유골들의 가까이로 다가갔던 것이다.

그 고통스러운 과정이 죽음이나 소멸이 아닌 삶의 황홀한 기쁨으로 전환되는 순간은 그녀가 죽은 아이들의 혼을 향해 자신의 몸을 내어 줄 때이다. 거센 눈풍을 타고 찾아온 어린아이들의 혼, '절멸'을 목표로 살해당해 이 땅 곳곳에 여전히 유골인 채로 묻혀 있는 그들이 동시에 자신의 앞에 나타났을 때, 인선은 비로소 생명의 힘이 몸속으로 흘러드는 것을 느낀다. 그것은 '수천 개의 바늘'이 온몸에 꽂힌 듯 고통스러운 동시에 심장이 터질 만큼 행복한 일이기도 하다. 겹겹이 쌓인 고통을 뚫고 마침내 혼들의 곁에 설 수 있게 되었기 때문이다. 기억을 잃어 가는 엄마와 한 몸이 되었다가 다시 풀려나옴을 반복하며 엄마의 세계와 자신의 세계, 70년 전의 제주와 현재의 제주를 넘나든 끝에, 비로소.

인선이 경하를 데리고 올라간 강기슭에서는 반대편의 불타 없어진 마을의 흔적이 그대로 내려다보인다. 인선은 생전 엄마가, 자신을 데리고 이 기슭에 올라와 강 너머를 바라보고 앉아 있던 아버지의 이야기를 해 주었다고 말한다. 엄마의 이야기 속에서 아버지는 형무소에 갇혀 있던 15년 동안, 감방과 파괴되지 않은 고향 마을 두 곳에 동시에 존재했던 사람이었다. 어린 인선은 그 이야기를 믿지 않았지만, 이제는 이해할 수 있게 되었다. 그런 아버지의 말을 이해했던 엄마의 마음을. 정심이야말로, 그리고 그녀를 이어받은 인선 자신도 동시에 두 곳에 존재하는 이들이었던 것이다. 죽음과 삶 속에, 과거와 현재에, 학살의 시간과 이후의 시간에, 울창했던 마을의 숲속과 모든 것이 불타 없어진 폐촌(廢村)에, 죽은 이들의 혼과 함께.

인선의 말을 들으며 경하는 생각한다. 다름 아닌 인선이 지금 서울의 병실과 눈에 뒤덮인 제주의 숲속, 자신의 곁에 동시에 존재하는 것 같다고. 혹은 죽어 가고 있는 경하 자신이 제주 중산간 마을의 이곳에 동시에 있는 것일지도 모르겠다고. 사람과 같이 양안시(兩眼視)를 가지고 있지 않아 두 눈이 각각 다른 것을 보는 새의 시야처럼, 소설은 두 세계를 동시에, 한곳에 겹쳐 놓으며 도저히 불가능해 보이는 사랑의 가능성에 대해 말한다. 실패한 애도에 굴복하는 대신 끝까지 포기하지 않았던 정심을 통해, 학살을 겪은 이들의 고통을 그대로 겪어 낼 수 없다는 한계로부터 좌절이 아닌 새로운 연결과 끈질긴 연대로 나아가는 인선과 경하를 통해.《작별하지 않는다》가 지극한 사랑에 대한 소설이기를 빈다는 작가의 말은 이런 측면에서 이해되어야 한다. 사랑은 계속되고, 연결되며, 끝나지 않는다. 우리가 작별하지 않는 한.

　소설을 덮은 뒤 우리에게 남겨진 질문은 이런 것이다. 이들의 이야기가 책과 함께 정말 끝난 것일까? 제주 4·3은 완결되지도, 결코 완결될 수도 없는 사건이며, 당시의 국가 권력이 저질렀던 숱한 폭력 역시 충분히 기억되거나 언급되지 못한 채 우리 곁에 남아 있다. 소설은 이들의 고통이 언뜻 아무렇지 않아 보이는 우리의 삶 속에도 희미하게 놓여 있는 것이 아닌지 묻는다. 역사라는 이름으로 돌파해 온 과거의 아픔들은 지금도 여전히 현재 진행형이다. 그뿐만 아니라 지금 현재에도 어디선가는 누군가가 부당한 폭력에 상처를 입으며 무고한 목숨을 잃고 있다. 이 모든 막대한 고통과 죽음을 곱씹으며, 소설을 읽는 우리는 부러진 성냥 끝에 다시금 촛불을 밝힌다. 실패에 대한 두려움과 망설임을 넘어 끊임없이 몸을 기울인다. 어둠 속 인선의 혼을 향해 손을 뻗으려는 경하의 움직임처럼. 끝까지 기억하고 연결되리라는 마음, 작별하지 않겠다는 선언이야말로 불꽃처럼 솟아오르는 인간의 생명을 증명하기 때문이다. 작은 새의 날갯짓처럼 연약하지만, 끈질기게. 망각과 은폐, 왜곡과 모욕에 맞서 진실을 향해 가는 사랑의 힘으로.

세 계 문 학 을 읽 다 20

한강을 읽다

1판 1쇄 발행일 2026년 3월 27일

지은이 이지연

발행인 김학원
발행처 (주)휴머니스트출판그룹
출판등록 제313-2007-000007호(2007년 1월 5일)
주소 (03991) 서울시 마포구 동교로23길 76(연남동)
전화 02-335-4422 **팩스** 02-334-3427
저자·독자 서비스 humanist@humanistbooks.com
홈페이지 www.humanistbooks.com
유튜브 youtube.com/user/humanistma **블로그** blog.naver.com/hmcv
인스타그램 @humanist_insta **엑스** @humanistbooks

편집책임 문성환 **편집** 윤무재 **디자인** 차민지
조판 아틀리에 **용지** 화인페이퍼 **인쇄** 청아디앤피 **제본** 민성사

ⓒ 이지연, 2026

ISBN 979-11-7087-446-1 44800
　　　979-11-6080-836-0 (세트)